POÈMES DE POILUS

POÈMES DE POILUS

Anthologie de poèmes français, anglais,
allemands, italiens, russes

1914-1918

*dirigée et présentée
par Guillaume Picon*

Points

ISBN 978-2-7578-4164-8

© Points, avril 2014

Le Code de la propriété intellectuelle interdit les copies ou reproductions destinées à une utilisation collective. Toute représentation ou reproduction intégrale ou partielle faite par quelque procédé que ce soit, sans le consentement de l'auteur ou de ses ayants cause, est illicite et constitue une contrefaçon sanctionnée par les articles L.335-2 et suivants du Code de la propriété intellectuelle.

« Un grand vent s'éleva dans cette terre de larmes, et balaya les ténèbres d'une lumière rouge. »

Dante,
L'Enfer, III, 133-134*

---

* Cité par Henry Bataille en exergue de son poème « La Joie rouge », dans *La Divine Tragédie*.

Préface
Dire l'indicible

En ces premiers jours d'août 1914 qui virent l'Europe basculer dans la guerre, les écrivains, quelle que soit leur nationalité, savaient pertinemment que la littérature allait être, elle aussi, mobilisée. Bientôt, à rebours de la croyance en une guerre courte, chacun dut se rendre à l'évidence. Non seulement la guerre serait longue, mais, loin de se cantonner à la ligne de front, elle étendrait ses ramifications à toute la société. Dès lors, il serait vain de croire pouvoir lui échapper, qu'on soit soldat ou civil, enfant ou adulte. Dans leurs œuvres, les écrivains, combattants ou non, lui accordèrent une certaine place quand ce ne fut pas une place certaine. Les jurés du jeune prix Goncourt – le premier lauréat avait été récompensé en 1903 – distinguèrent de 1914 à 1918 cinq écrivains combattants. En 1919, la remise du prix à Proust pour *À l'ombre des jeunes filles en fleurs* contre *Les Croix de bois* de Dorgelès provoqua, dans le microcosme des lettres, un véritable scandale. Si la société française était décidée à honorer ses anciens combattants, en vertu du sacrifice qui avait été le leur, la scène littéraire avait écarté de son estrade les écrivains combattants pour les reléguer au Panthéon. Une page était tournée.

Pas plus que le purgatoire ou l'enfer, le Panthéon, fût-il littéraire, n'implique un inévitable oubli. *Le Feu* de Barbusse tout comme *À l'ouest rien de nouveau* de l'Allemand Remarque, *Orages d'acier* de son compatriote Jünger ou encore *L'Adieu aux armes* de Hemingway, sont toujours lus, notamment par les élèves de collège et de lycée auxquels est enseignée l'histoire de la Première Guerre mondiale. Il s'agit là de romans. Exclusivement. Pourtant, la guerre a eu ses poètes. Les lit-on encore aujourd'hui ? La réponse fuse, tel un obus : non ! Seuls Apollinaire et ses *Calligrammes* viennent contredire ce constat. La guerre a eu ses poètes, donc, combattants – ils furent nombreux – et non combattants – ils furent plus rares. Claudel qui n'a jamais pataugé dans la boue des tranchées a chanté le triste sort des hommes quand ils sont soumis à l'empire de Mars déchaîné. Ses *Trois poèmes de guerre* sont restés ensevelis dans l'ossuaire de Douaumont ou une des tranchées du front. Écrits durant la guerre, les premiers poèmes d'Aragon, Soupault et Éluard, qui furent de l'aventure surréaliste, renvoient à la guerre qu'ils perçoivent alors comme une réalité dont il leur faut impérativement rendre compte. La première publication de Drieu La Rochelle, en 1917 à la NRF, est un recueil de poèmes, *Interrogation*. Tout sauf classiques, leurs poèmes ont pourtant, eux aussi, suivi la voix sacrée qui conduisait à Douaumont… Inutile de parler de ceux de Bernouard, Dermée, Linais, Verlet ou Vildrac. La poésie de guerre a-t-elle connu un destin aussi funeste chez les autres belligérants ? En Angleterre comme en Allemagne, les poètes de guerre ne sont pas victimes d'une semblable indifférence. La raison en est avant tout culturelle. En France, dès le début du conflit, la prose s'est imposée comme le moyen d'expression le plus à même d'évoquer la guerre. Il en va autrement dans ces deux pays où existait, à la fois, un goût réel et largement partagé pour la poésie et une solide tradition de poésie de guerre. Durant les premières semaines du conflit, les journaux allemands publièrent une centaine de poèmes par jour, de qualité certes inégale. La poésie, elle aussi, était mobilisée. À la sortie de la guerre, en 1920, un critique dressa un inventaire de la poésie de guerre allemande dans laquelle il ne recensait qu'une douzaine de « véritables » poètes… À la fin des années 1940, en 1949, une étude sur la poésie de guerre française, entre 1914 et 1918, recensa plus de 2 120 auteurs… Une telle masse de poèmes soulève la question de leur valeur. La liste de 1949 va bien au-delà de celle envisagée par *Le Livre épique*. Cette *Anthologie des poèmes de la Grande Guerre*, elle aussi parue en 1920, rassemble des textes écrits par près de 120 poètes différents… Où sont passés les 2 000 autres ? Dès l'introduction, le ton est donné : la Grande Guerre fut « la plus grandiose et la plus terrible des guerres, qui a bouleversé la terre, la mer et le ciel, les sociétés, les lois, les mœurs, les âmes ». Grandiose, le mot est lancé, qui renvoie au sublime… *Le Livre épique* laisse sur le bas-côté nombre de poètes de talent ou promis à un grand avenir. On a le sentiment d'être face à Gide qui, en 1913, a refusé le manuscrit de *Du côté de chez Swann* de Proust. Si Apollinaire et Cendrars sont de l'aventure, le premier y est pour un « Chant de l'honneur », le second pour un extrait de *La Guerre au Luxembourg*, intitulé pour l'occasion « Le Jour de la victoire »…, les absents sont légion. De Drieu La Rochelle, pas une ligne, non plus des futurs surréalistes, Aragon, Éluard, Jacob, Reverdy, Soupault… D'autres absents de taille, de talent ou, tout simplement, d'intérêt, Duhamel, Linais, Vildrac. Il est vrai que ces poètes-là détonnent, soit qu'ils se rattachent à l'une de ces avant-gardes, qui bousculant les habitudes, à commencer par celles des mots et de la syntaxe, avaient de quoi dérouter, soit qu'ils portent sur la guerre un œil trop critique, l'œil de Caïn, en somme, qui, par-delà les morts entassés, dérangeait les auteurs de l'anthologie. Duhamel, Linais, Vildrac sont de ceux-là. Rien d'étonnant à ce qu'ils aient été retenus par Romain Rolland dans ses *Poètes contre la guerre* qui se veut une autre *Anthologie de la poésie française, 1914-1919*, parue en 1920 à Genève. On y découvre aussi des textes d'Arcos, de Jouve, de Romains… Avant même de lire leurs poèmes, les titres qu'ils ont choisi de donner à leur recueil sont éloquents : *Les Minutes rouges* pour Linais, *Le Sang des autres* pour Arcos, *Chant du désespéré* de Vildrac…

Pourtant l'avant-garde existe, notamment à travers des revues. Il n'est que de songer à *Sic* de Pierre Albert-Birot qui, de 1916 à 1919, édita une cinquantaine de numéros, ou encore à *Nord-Sud* de Reverdy. Si les revues littéraires relèvent du confidentiel, des contacts existaient et les informations circulaient. Tout n'était pas que vase clos et nature morte. Ainsi, Apollinaire transcendait ces cénacles. Bref, ce n'est pas par ignorance que *Le Livre épique* négligea la poésie d'avant-garde, mais par choix. Ce constat vaut aussi pour l'anthologie de Romain Rolland, où l'on chercherait en vain des poèmes d'avant-garde ou plutôt, tant le terme paraît galvaudé et, donc, dépourvu de réelle signification, des poèmes cheminant dans les voies ouvertes à la veille de la conflagration. En septembre 1914, Rolland avait publié, dans le *Journal de Genève*, « Au-dessus de la mêlée », article qui avait suscité un véritable tollé, une levée de bouclier visant à protéger la patrie en danger, et érigé son auteur en chef de file des pacifistes. À force de vouloir s'élever au-dessus de la mêlée, ne risque-t-on pas de passer à côté de la nouveauté en marche et, à force de jouer les vigies, de se transformer en censeur ?

Publiée à la fin des années 1970, la thèse de l'historien Jean-Jacques Becker, *1914 : comment les Français sont entrés en guerre*, a brillamment démontré que si les soldats français n'avaient pas contesté l'ordre de mobilisation générale, ils n'avaient pas pour autant gagné la caserne puis le front dans l'enthousiasme général. En réalité, un sentiment de résignation dominait, qui n'empêcha pas, ici et là, des manifestations de joie. Pour autant, à quelques rares exceptions près, les Françaises et les Français de l'été 1914, sans être des va-t-en-guerre, étaient animés par un solide patriotisme. Ce sentiment se muait, au sein d'une frange de la population, en un nationalisme exacerbé. Globalement, le patriotisme se retrouvait dans l'ensemble des pays européens. En France, comme ailleurs, il relevait du patrimoine culturel commun, toutes catégories sociales confondues. Certes, le patriotisme d'un étudiant de la Sorbonne n'était pas celui d'un ouvrier de Levallois-Perret ni celui d'un paysan de la Beauce qui ne s'abîmait pas nécessairement, les après-midi d'été où régnait la canicule, dans les poèmes de Péguy. La diffusion de ce patriotisme est indissociable de l'enracinement de la IIIe République. Il puise à plusieurs sources, à commencer par la poésie. Aussi a-t-il semblé naturel d'ouvrir ce recueil par un préliminaire rassemblant certains des poèmes constitutifs du patriotisme français et de son évolution. Enseignés à plusieurs générations d'écoliers, ils ont servi à la fois de support et de substrat au patriotisme.

Dans *La Victoire en chantant*, sorti sur les écrans en 1976, Jean-Jacques Annaud renvoie explicitement au « Chant du départ » écrit par Joseph-Marie Chénier, le frère d'André, le poète guillotiné sous la Terreur, en 1794. Ce chant illustre le patriotisme cher à la République puisqu'on y entend, au refrain, « La République nous appelle / Sachons vaincre ou sachons périr / Un Français doit vivre pour elle / Pour elle un Français doit mourir ». L'usage ironique que le cinéaste fait du poème va évidemment à rebours des raisons pour lesquelles il était sollicité sous la IIIe République. Reste que, et c'est là qu'Annaud voit juste, un tel chant était connu de tous et l'idéal qu'il véhiculait partagé par la très grande majorité. Il en va de même avec « Le Clairon » de Déroulède qui, avant de devenir le chantre du nationalisme français, a été proche de Gambetta, républicain sans tache.

Hugo a lui aussi sa place, sénateur inamovible salué en 1885 par des obsèques nationales. Son influence fut immense, son œuvre omniprésente, ce qui explique sans doute le mépris dans lequel le tinrent les ténors de la NRF qui avaient ravalé au rang de vers insupportablement grandiloquents la poésie, il est vrai souvent animée d'un souffle épique, de l'exilé de Guernesey. Une génération plus tard, les surréalistes brûleront, avec moins de retenue, Barrès et France. En 1915, l'exécuteur testamentaire d'Hugo et un de ses petits-fils, Georges-Victor Hugo, préfacèrent un recueil de poèmes du grand homme, intitulé *Pro patria*. Est-il besoin de préciser le fil rouge reliant ces poèmes rassemblés pour et par les circonstances ? « La Mort de Jaurès » d'Anna de Noailles, composé dans les jours qui ont suivi l'assassinat de l'apôtre de la paix, s'est imposé en conclusion de cette section. Ce poème renvoie implicitement à l'union sacrée que réclame Poincaré, président de la République, dans le discours qu'il a écrit pour être lu devant les Assemblées. Cette union de tous les Français est censée illustrer l'état d'esprit dans lequel, une fois tué le « tigre de la paix », la France est entrée en guerre. L'union sacrée a son pendant allemand. Le même jour, l'empereur Guillaume II déclarait : « Je ne connais plus aucun parti, mais seulement des Allemands », inaugurant ainsi le *Burgfriede*, la trêve.

Commence alors l'anthologie de poèmes de poilus à proprement parler. À la question « quel classement adopter ? », une réponse s'est rapidement imposée, presque d'elle-même. Par langue et par ordre alphabétique d'auteurs. Une approche thématique avait déjà présidé à la composition du *Livre épique* évoqué plus haut et, plus récemment, à celle des

Poètes de la Grande Guerre, une anthologie parue en 1992. De la mobilisation à la victoire en passant par l'attaque, la mort ou le sang versé, ces anthologies s'efforçaient de passer en revue la plus vaste part possible du quotidien d'une société en guerre. Est-il nécessaire d'égrener un tel chapelet pour saisir la Grande Guerre, sa diversité et son horreur ? L'essentiel est ailleurs. Il y a une urgente nécessité à redécouvrir l'œuvre de ces hommes qui, pour témoigner de cet univers de boue et de mort, ont choisi de se hisser au-delà de la prose.

Les raisons qui ont poussé des millions de soldats à accepter de se battre dans des conditions souvent insoutenables échappent en grande partie à notre entendement. Plus que la prose, la poésie est la voie qui permet d'approcher au plus près les émotions et les sentiments de ces hommes qui, poètes professionnels ou non, pacifistes ou nationalistes, majoritairement résignés et patriotes, ont chanté, raconté, crié ce qu'ils ont vécu.

Ces *Poèmes de poilus* débutent par une série de poèmes de langue française. Si les Français dominent très largement, des Belges y sont présents, à commencer par Verhaeren. Les poètes combattants constituent l'essentiel des auteurs de cette sélection, mais des hommes de l'arrière y figurent – il n'est que de citer Claudel, Fort ou Valéry. Les noms connus en côtoient d'autres, moins connus, et encore d'autres inconnus. Des concours de poésie ont été organisés. Un recueil des lauréats du Concours des auteurs du front a été édité en 1917 : un certain Vibert a été primé pour ses « cartes postales » qui ne manquent pas de saveur quand elles ne sont pas franchement drôles. Ainsi, celle sur le mode de la petite annonce visant à recruter une bonne pour tenir la tranchée ou cette autre adressée à « un Barrès au petit pied »…

Aucun éditeur n'a ressenti, jusqu'à présent, la nécessité de réunir, dans un même volume, poètes français, belges, anglais, canadiens, allemands, autrichiens, italiens et russes. Le présent volume espère ouvrir la voie.

Longtemps la poésie de guerre a été considérée comme de la non-poésie. Durant le conflit, certains critiques littéraires notèrent l'écueil qui se dressait alors. Était-il possible de critiquer les textes d'hommes se battant dans les tranchées ? Une expérience aussi traumatisante et difficile que la guerre ne se plaçait-elle pas d'emblée au-dessus de la critique ? Apollinaire, poète combattant, jugea sévèrement Paul Fort. À son tour, l'auteur des *Calligrammes* fut jugé. Les surréalistes – ils ne furent pas les seuls – l'accusèrent d'avoir cédé aux sirènes de la guerre. La formule « Ah Dieu ! que la guerre est jolie / Avec ses chants ses longs loisirs » semble avoir trop souvent été lue au premier degré alors qu'elle possède sa propre charge ironique. La poésie de guerre n'obéit pas à un phénomène de génération spontanée. Elle sort des tranchées, mais pas seulement. Bien que ses auteurs ne soient pas tous, tant s'en faut, des poètes de métier, elle s'inscrit dans une histoire qui, avant-guerre, est marquée par la crise du symbolisme avec, entre autres conséquences, l'émergence d'avant-gardes plus ou moins turbulentes. Il n'est que de songer aux futuristes et à leur tonitruant manifeste. En 1913, Apollinaire avait publié *Alcools* qui s'achève par « Vendémiaire » et son apostrophe passée à la postérité, « Hommes de l'avenir souvenez-vous de moi ». Le poète a été entendu. Son recueil a fait date, notamment parce qu'il pousse plus loin que ses prédécesseurs le vers libre qu'il affranchit un peu plus en supprimant tout signe de ponctuation. Reste que, en 1914, le symbolisme a été vidé de ses excès. La vie, dans ce qu'elle a de plus répétitif et quotidien, n'est pas dépourvue de poésie. La guerre va bouleverser ce qui aurait pu aboutir à un nouvel « ordre en construction ».

En 1916, Apollinaire en appelle à un surnaturalisme propre, selon lui, à traduire l'esprit nouveau, marqué par un afflux de vie. L'année suivante, dans une de ses lettres, il écrit qu'« il vaut mieux adopter surréalisme que surnaturalisme ». Le terme sera repris, avec la fortune que l'on sait, par Breton. En somme, le surréalisme qui se faisait fort de dénoncer la guerre et de proclamer que tout homme est un artiste, donc un poète en puissance, est né de la guerre. Il est vrai que celle-ci a plongé les hommes dans des situations d'urgence que seule la poésie était à même de transcrire au plus juste.

Clément Nouzille est né en 1881 et mort en 1964. En 1914, lors de la mobilisation, il est sergent-major dans un régiment d'infanterie d'Indre-et-Loire. En 1918, il est capitaine. Il a fait ce qu'on appelle à l'époque une « belle guerre », expression redoutable de signification. Au front, il avait toujours un carnet sur lui. Sur la page de garde de l'un d'eux, on peut encore lire, écrit au crayon de bois :

Pour faire régler le tir de l'artillerie
I. Pour demander le feu ou le faire accélérer
    Blanche
II. Pour demander la cessation du feu
    Blanche – Rouge Alternativement
III. Pour l'allongement du tir
    Rouge
Pour signaler des gaz
    Vert

C'est presque un poème, dicté par les circonstances et leur urgence. Il aurait pu s'appeler « Fusée », à l'instar d'un poème d'Apollinaire…

La dédicace que Paul Costel plaça en tête de son recueil *Les Hurlements de l'enfer*, paru en 1919, n'a rien perdu de sa justesse.

À l'âme des morts et aux vivants, aux combattants qui ont connu toute souffrance humaine, ce livre est dédié, qui veut être pour eux le rappel d'un souvenir, d'un mauvais souvenir, sauf pour faire revivre la part de leur sacrifice, et en célébrer la beauté, à côté de la guerre mauvaise, — qui voudrait être pour les autres un enseignement, pour ceux qui crient très fort et agissent peu, qui poussent à la guerre, car à ceux-là, ce livre veut montrer l'horreur éternelle de la guerre jusqu'ici éternelle, et la leur faire maudire au lieu de la leur faire louanger. Ceux-là qui ne savent et ne sauront jamais ce que c'est seulement qu'un tir de barrage, ce livre leur est un peu dédié aussi, entre la lecture du journal, et celle des livres qui n'ont rien vu et disent tout, comme d'autres journaux, — livre qui aurait eu besoin d'une préface peut-être et pourtant se présente lui-même, car la censure eût peut-être interdit certains passages qui seraient des commentaires et non des sensations.

On est loin du grandiose qu'appelle le *Livre épique* cité plus haut. Pour être, la poésie n'a nul besoin de sublime…

Si la Grande Guerre relevait du mythe tels les récits d'avant l'histoire que racontait Homère, on aurait pu écrire : « Chante déesse la colère de ces hommes qui ont enduré la guerre… » Mais cette guerre qui aurait dû être la dernière représente la réalité dans ce qu'elle peut avoir de plus insoutenable et irréductible, au-delà des dieux donc. Aussi, la parole appartient-elle aux hommes : « Chante poète la vie et la mort de ces hommes qui ont enduré la guerre… »

GUILLAUME PICON
Février 2014

OUVERTURE

Marie-Joseph Chénier (1764-1811)

Le Chant du départ

<u>Un député du Peuple</u>
La victoire en chantant nous ouvre la barrière.
La Liberté guide nos pas.
Et du nord au midi, la trompette guerrière
A sonné l'heure des combats.
Tremblez, ennemis de la France,
Rois ivres de sang et d'orgueil !
Le Peuple souverain s'avance ;
Tyrans descendez au cercueil.

<u>Chant des guerriers (Refrain)</u>
La République nous appelle
Sachons vaincre ou sachons périr
Un Français doit vivre pour elle
Pour elle un Français doit mourir.

<u>Une mère de famille</u>
De nos yeux maternels ne craignez pas les larmes :
Loin de nous de lâches douleurs !
Nous devons triompher quand vous prenez les armes :
C'est aux rois à verser des pleurs.
Nous vous avons donné la vie,
Guerriers, elle n'est plus à vous ;
Tous vos jours sont à la Patrie :
Elle est votre mère avant nous.

Refrain

<u>Deux vieillards</u>
Que le fer paternel arme la main des braves ;
Songez à nous au champ de Mars ;
Consacrez dans le sang des rois et des esclaves
Le fer béni par vos vieillards ;
Et, rapportant sous la chaumière
Des blessures et des vertus,
Venez fermer notre paupière
Quand les tyrans ne seront plus.

Refrain

<u>Un enfant</u>
De Bara, de Viala le sort nous fait envie ;
Ils sont morts, mais ils ont vaincu.
Le lâche accablé d'ans n'a point connu la vie :
Qui meurt pour le peuple a vécu.
Vous êtes vaillants, nous le sommes :
Guidez-nous contre les tyrans ;
Les républicains sont des hommes,
Les esclaves sont des enfants.

Refrain

<u>Une épouse</u>
Partez, vaillants époux ; les combats sont vos fêtes ;
Partez, modèles des guerriers ;
Nous cueillerons des fleurs pour en ceindre vos têtes :
Nos mains tresseront vos lauriers.

Et, si le temple de mémoire
S'ouvrait à vos mânes vainqueurs,
Nos voix chanteront votre gloire,
Nos flancs porteront vos vengeurs.

Refrain

<u>Une jeune fille</u>
Et nous, sœurs des héros, nous qui de l'hyménée
Ignorons les aimables nœuds ;
Si, pour s'unir un jour à notre destinée,
Les citoyens forment des vœux,
Qu'ils reviennent dans nos murailles
Beaux de gloire et de liberté,
Et que leur sang, dans les batailles,
Ait coulé pour l'égalité.

Refrain

<u>Trois guerriers</u>
Sur le fer devant Dieu, nous jurons à nos pères,
À nos épouses, à nos sœurs,
À nos représentants, à nos fils, à nos mères,
D'anéantir les oppresseurs :
En tous lieux, dans la nuit profonde,
Plongeant l'infâme royauté,
Les Français donneront au monde
Et la paix et la liberté.

Refrain

Le Chant du départ, Paris, 1794.

Victor Hugo (1802-1885)

Les Forts

Ils sont les chiens de garde énormes de Paris.
Comme nous pouvons être à chaque instant surpris,
Comme une horde est là, comme l'embûche vile
Parfois rampe jusqu'à l'enceinte de la ville,
Ils sont dix-neuf épars sur les monts, qui, le soir,
Inquiets, menaçants, guettent l'espace noir,
Et, s'entr'avertissant dès que la nuit commence,
Tendent leur cou de bronze autour du mur immense.
Ils restent éveillés quand nous nous endormons,
Et font tousser la foudre en leurs rauques poumons.
Les collines parfois, brusquement étoilées,
Jettent dans la nuit sombre un éclair aux vallées ;
Le crépuscule lourd s'abat sur nous, masquant
Dans son silence un piège et dans sa paix un camp ;
Mais en vain l'ennemi serpente et nous enlace ;
Ils tiennent en respect toute une populace
De canons monstrueux, rôdant à l'horizon.
Paris bivouac, Paris tombeau, Paris prison,
Debout dans l'univers devenu solitude,
Fait sentinelle, et, pris enfin de lassitude,
S'assoupit ; tout se tait, hommes, femmes, enfants,
Les sanglots, les éclats de rire triomphants,
Les pas, les chars, le quai, le carrefour, la grève,
Les mille toits d'où sort le murmure du rêve,
L'espoir qui dit je crois, la faim qui dit je meurs ;

Tout fait silence ; ô foule ! indistinctes rumeurs !
Sommeil de tout un monde ! ô songes insondables !
On dort, on oublie... — Eux, ils sont là, formidables.

Tout à coup on se dresse en sursaut ; haletant,
Morne, on prête l'oreille, on se penche... — On entend
Comme le hurlement profond d'une montagne.
Toute la ville écoute et toute la campagne
Se réveille ; et voilà qu'au premier grondement
Répond un second cri, sourd, farouche, inclément,
Et dans l'obscurité d'autres fracas s'écroulent,
Et d'échos en échos cent voix terribles roulent.
Ce sont eux. C'est qu'au fond des espaces confus,
Ils ont vu se grouper de sinistres affûts,
C'est qu'ils ont des canons surpris la silhouette ;
C'est que, dans quelque bois d'où s'enfuit la chouette,
Ils viennent d'entrevoir, là-bas, au bord d'un champ,
Le fourmillement noir des bataillons marchant ;
C'est que dans les halliers des yeux traîtres flamboient.

Comme c'est beau ces forts qui dans cette ombre aboient !

26 novembre 1870

Pro Patria, Paris, Delagrave, 1915.

Paul Déroulède (1846-1914)

Le Clairon

L'air est pur, la route est large,
Le Clairon sonne la charge,
Les Zouaves vont chantant,
Et là-haut sur la colline,
Dans la forêt qui domine,
Le Prussien les attend.

Le Clairon est un vieux brave,
Et lorsque la lutte est grave,
C'est un rude compagnon ;
Il a vu mainte bataille
Et porte plus d'une entaille,
Depuis les pieds jusqu'au front.

C'est lui qui guide la fête.
Jamais sa fière trompette
N'eut un accent plus vainqueur,
Et de son souffle de flamme,
L'espérance vient à l'âme,
Le courage monte au cœur.

On grimpe, on court, on arrive,
Et la fusillade est vive,
Et les Prussiens sont adroits,
Quand enfin le cri se jette :

« En marche ! À la baïonnette ! »
Et l'on entre sous le bois.

À la première décharge,
Le Clairon sonnant la charge,
Tombe frappé sans recours ;
Mais, par un effort suprême,
Menant le combat quand même,
Le Clairon sonne toujours.

Et cependant le sang coule,
Mais sa main, qui le refoule,
Suspend un instant la mort.
Et de sa note affolée
Précipitant la mêlée,
Le vieux Clairon sonne encor.

Il est là, couché sur l'herbe,
Dédaignant, blessé superbe,
Tout espoir et tout secours ;
Et sur sa lèvre sanglante,
Gardant sa trompette ardente,
Il sonne, il sonne toujours.

Puis, dans la forêt pressée,
Voyant la charge lancée
Et les Zouaves bondir,
Alors le Clairon s'arrête,
Sa dernière tâche faite,
Il achève de mourir.

Chants du soldat, Paris, Calmann-Lévy, 1885.

Charles Péguy (1873-1914)

Ève

[…]

— Heureux ceux qui sont morts pour la terre charnelle,
Mais pourvu que ce fût dans une juste guerre.
Heureux ceux qui sont morts pour quatre coins de terre.
Heureux ceux qui sont morts d'une mort solennelle.

Heureux ceux qui sont morts dans les grandes batailles,
Couchés dessus le sol à la face de Dieu.
Heureux ceux qui sont morts sur un dernier haut lieu,
Parmi tout l'appareil des grandes funérailles.

Heureux ceux qui sont morts pour des cités charnelles.
Car elles sont le corps de la cité de Dieu.
Heureux ceux qui sont morts pour leur âtre et leur feu,
Et les pauvres honneurs des maisons paternelles.

Car elles sont l'image et le commencement
Et le corps et l'essai de la maison de Dieu.
Heureux ceux qui sont morts dans cet embrassement,
Dans l'étreinte d'honneur et le terrestre aveu.

Car cet aveu d'honneur est le commencement
Et le premier essai d'un éternel aveu.
Heureux ceux qui sont morts dans cet écrasement,
Dans l'accomplissement de ce terrestre vœu.

Car ce vœu de la terre est le commencement
Et le premier essai d'une fidélité.
Heureux ceux qui sont morts dans ce couronnement
Et cette obéissance et cette humilité.

Heureux ceux qui sont morts, car ils sont retournés
Dans la première argile et la première terre.
Heureux ceux qui sont morts dans une juste guerre.
Heureux les épis murs et les blés moissonnés.

Heureux ceux qui sont morts, car ils sont retournés
Dans la première terre et l'argile plastique.
Heureux ceux qui sont morts dans une guerre antique.
Heureux les vases purs, et les rois couronnés.

Heureux ceux qui sont morts, car ils sont retournés
Dans la première terre et dans la discipline.
Ils sont redevenus la pauvre figuline.
Ils sont redevenus des vases façonnés.

Heureux ceux qui sont morts, car ils sont retournés
Dans leur première forme et fidèle figure.
Ils sont redevenus ces objets de nature
Que le pouce d'un Dieu lui-même a façonnés.

Heureux ceux qui sont morts, car ils sont retournés
Dans la première terre et la première argile.

Ils se sont remoulés dans le moule fragile
D'où le pouce d'un Dieu les avait démoulés.

Heureux ceux qui sont morts, car ils sont retournés
Dans la première terre et le premier limon.
Ils sont redescendus dans le premier sillon
D'où le pouce de Dieu les avait défournés.

Heureux ceux qui sont morts, car ils sont retournés
Dans ce même limon d'où Dieu les réveilla.
Ils se sont rendormis dans cet alléluia
Qu'ils avaient désappris devant que d'être nés.

Heureux ceux qui sont morts, car ils sont revenus
Dans la demeure antique et la vieille maison.
Ils sont redescendus dans la jeune saison
D'où Dieu les suscita misérables et nus.

Heureux ceux qui sont morts, car ils sont retournés
Dans cette grasse argile où Dieu les modela,
Et dans ce réservoir d'où Dieu les appela.
Heureux les grands vaincus, les rois découronnés.

Heureux ceux qui sont morts, car ils sont retournés
Dans ce premier terroir d'où Dieu les révoqua,
Et dans ce reposoir d'où Dieu les convoqua.
Heureux les grands vaincus, les rois dépossédés.

Heureux ceux qui sont morts, car ils sont retournés
Dans cette grasse terre où Dieu les façonna.
Ils se sont recouchés dedans ce hosanna
Qu'ils avaient désappris devant que d'être nés.

Heureux ceux qui sont morts, car ils sont retournés
Dans ce premier terreau nourri de leur dépouille,
Dans ce premier caveau, dans la tourbe et la houille.
Heureux les grands vaincus, les rois désabusés.

— Heureux les grands vainqueurs. Paix aux hommes de guerre.
Qu'ils soient ensevelis dans un dernier silence.
Que Dieu mette avec eux dans la juste balance
Un peu de ce terreau d'ordure et de poussière.

Que Dieu mette avec eux dans le juste plateau
Ce qu'ils ont tant aimé, quelques grammes de terre.
Un peu de cette vigne, un peu de ce coteau,
Un peu de ce ravin sauvage et solitaire.

Mère voici vos fils qui se sont tant battus.
Vous les voyez couchés parmi les nations.
Que Dieu ménage un peu ces êtres débattus,
Ces cœurs pleins de tristesse et d'hésitations.

Et voici le gibier traqué dans les battues,
Les aigles abattus et les lièvres levés.
Que Dieu ménage un peu ces cœurs tant éprouvés,
Ces torses déviés, ces nuques rebattues.

Que Dieu ménage un peu ces êtres combattus,
Qu'il rappelle sa grâce et sa miséricorde.
Qu'il considère un peu ce sac et cette corde
Et ces poignets liés et ces reins courbatus.

Mère voici vos fils qui se sont tant battus.
Qu'ils ne soient pas pesés comme Dieu pèse un ange.
Que Dieu mette avec eux un peu de cette fange
Qu'ils étaient en principe et sont redevenus.

Mère voici vos fils qui se sont tant battus.
Qu'ils ne soient pas pesés comme on pèse un démon.
Que Dieu mette avec eux un peu de ce limon
Qu'ils étaient en principe et sont redevenus.

Mère voici vos fils qui se sont tant battus.
Qu'ils ne soient pas pesés comme on pèse un esprit.
Qu'ils soient plutôt jugés comme on juge un proscrit
Qui rentre en se cachant par des chemins perdus.

Mère voici vos fils et leur immense armée.
Qu'ils ne soient pas jugés sur leur seule misère.
Que Dieu mette avec eux un peu de cette terre
Qui les a tant perdus et qu'ils ont tant aimée.

Mère voici vos fils qui se sont tant perdus.
Qu'ils ne soient pas jugés sur une basse intrigue.
Qu'ils soient réintégrés comme l'enfant prodigue.
Qu'ils viennent s'écrouler entre deux bras tendus.

[…]

Cahiers de la Quinzaine, 15ᵉ série, n° 4, Paris, 1913.

Anna de Noailles (1876-1933)

La Mort de Jaurès

I

J'ai vu ce mort puissant le soir d'un jour d'été.
Un lit, un corps sans souffle, une table à côté :
La force qui dormait près de la pauvreté !
J'ai vu ce mort auguste et sa chambre économe,
La chambre s'emplissait du silence de l'homme.
L'atmosphère songeuse entourait de respect
Ce dormeur grave en qui s'engloutissait la paix ;
Il ne semblait pas mort, mais sa face paisible
S'entretenait avec les choses invisibles.
Le jour d'été venait contempler ce néant
Comme l'immense azur recouvre l'océan.
On restait, fasciné, près du lit mortuaire
Écoutant cette voix effrayante se taire.
L'on songeait à cette âme, à l'avenir, au sort.
— Par l'étroit escalier de la maison modeste,
Par les sombres détours de l'humble corridor,
Tout ce qui fut l'esprit de cet homme qui dort,
Le tonnerre des sons, le feu du cœur, les gestes,
Se glissait doucement et rejoignait plus haut
L'éther universel où l'Hymne a son tombeau.

Et tandis qu'on restait à regarder cet être
Comme on voit une ville en flamme disparaître,

Tandis que l'air sensible où se taisait l'écho
Baisait le pur visage aux paupières fermées,
L'Histoire s'emparait, éplorée, alarmée,
De ce héros tué en avant des armées…

II

L'aride pauvreté de l'âme est si profonde
Qu'elle a peur de l'esprit qui espère et qui fonde.
Elle craint celui-là qui, lucide et serein,
Populaire et secret comme sont les apôtres,
N'ayant plus pour désir que le bonheur des autres,
Contemple l'horizon, prophétique marin
Voit la changeante nue où la brume se presse,
Et, fixant l'ouragan de ses yeux de veilleur,
Dit, raisonnable et doux : « Demain sera meilleur. »
— Ô Bonté ! Se peut-il que vos grandes tendresses,
Que vos lueurs, vos révélations,
Ce don fait aux humains et fait aux nations
Inspirent la colère à des âmes confuses ?
Faut-il que l'avenir soit la part qu'on refuse
Et l'archange effrayant dont on craigne les pas ?
— Grand esprit, abattu la veille des combats,
C'est par votre bonté qu'on ne vous aimait pas…

III

Vous étiez plus vivant que les vivants, votre air
Était celui d'un fauve ayant pris pour désert
La foule des humains, à qui, pâture auguste,

Vous offriez l'espoir d'un monde égal et juste.
Vous ne distinguiez pas, tant vos feux étaient forts,
L'incendie éperdu que préparait le sort.
Vos chants retentissaient de paisibles victoires...
— Alors, la Muse grave et sombre de l'Histoire,
Ayant avec toi-même, ô tigre de la paix,
Composé le festin sanglant dont se repaît
L'invisible avenir que les destins élancent,
Perça ta grande voix de sa secrète lance
Et fit tonner le monde au son de ton silence...

Août 1914

Les Forces éternelles, Paris, Fayard, 1920.

POÈTES FRANÇAIS
OU DE LANGUE FRANÇAISE

Pierre Albert-Birot (1876-1967)

(Style = Ordre) = Volonté

Art Ægyptien qui t'a fait ? **VOLONTÉ**
Art Grec qui t'a fait ? **VOLONTÉ**
Art Gothique qui t'a fait ? **VOLONTÉ**
Arts Italien, Flamand, Espagnol qui vous a faits ? **VOLONTÉ**
    Art Français qui t'a fait ?
VOLONTÉ
Or que nous apportent la guerre et l'avant-garde cubiste et futuriste ?
VOLONTÉ

Donc :
guerre + **cubistes** + **futuristes** = **volonté** = **(ordre** = **style)**
guerre + **cubistes** + **futuristes** = **style** = **art**
guerre + **cubistes** + **futuristes** = x = **PROCHAINE RENAISSANCE FRANÇAISE**

c. q. f. d.

Pierre Albert-Birot (1876-1967)

Premiers mots

Notre volonté:

Agir. Prendre des initiatives, ne pas attendre qu'elles nous reviennent d'Outre-Rhin.

Notre désir:

Regarder. voir, entendre, chercher, et vous emmener avec nous.

Aimer la vie et vous le dire; la vivre et vous y convier.

Un jour vous ne compreniez pas telle chose que vous comprenez aujourd'hui: rappelez-vous combien cette chose était inexistante pour vous AVANT, et combien elle existe DEPUIS; rappelez-vous, rappelez-vous, et ne dites pas: je ne comprends point telle chose, donc elle n'est pas.

Venez avec nous, regardons, voyons, entendons, cherchons.

Pierre Albert-Birot (1876-1967)

L'Esprit moderne

RETARDATAIRES !
ÊTES-VOUS CONVAINCUS ?

Qu'est-ce qui nous a vaincus
              à Charleroi ?

L'ESPRIT MODERNE

Qu'est-ce qui les a vaincus dans la Somme
           et à Verdun ?

L'ESPRIT MODERNE

Allons cachez-vous
           néfastes troglodytes !

*et
merci Guillaume*

Pierre Albert-Birot (1876-1967)

Deutschland über alles

DEUTSCHLAND ÜBER ALLES

Parfaitement, ils ont raison, et tout peuple qui veut vivre et qui en est digne doit avoir pour devise : Moi au-dessus de tout.
Arrière l'abdication
Arrière l'effacement
Arrière la modestie
Arrière la bonne moyenne
Arrière les bonnes vertus mères de
                       l'APLATISSEMENT
Salut à la noble ambition
               seule vertu <u>propulsive</u>
Gloire à ceux qui sont debout !
Malheur à ceux qui sont courbés !

Pas d'illusions ! Que l'Évangile le veuille ou non, les premiers *sont les premiers*.

Pierre Albert-Birot (1876-1967)

Chronique historique

C'était un samedi de Mars
Nous dormions
Mais un formidable éclatement
Plus fort que tous les bruits de la vie
Nous fit ouvrir les yeux
As-tu entendu
Oui ce n'est rien La Courneuve qui continue
Quelle heure est-il
Sept heures moins dix dormons
Et à peine si nous commencions
À être très bien
Que ce fut une autre explosion
On dirait que c'est sur la place
En effet et la rue
N'a pas son pouls normal
Levons-nous il est trop tôt

La sirène ce sont eux
Il fallut bien s'éveiller
Abandonner les draps de la Cour Batave
Ou d'ailleurs
Pour endosser encore une fois
L'habit de cave

Et chacun tout vivant descendit en tombeau
Il était il est vrai étoilé çà et là
De quelques luminaires
On y jouait
Au jacquet
On y parlait de la laitière et du boucher
On y faisait de la stratégie
Et même un peu de trigonométrie
On y lisait aussi beaucoup d'esprit
En vérité ce tombeau
N'était qu'un caveau
Provisoire

Quelle heure est-il neuf heures
Il fait froid
C'est long
Je voudrais bien ressusciter
Une ombre qui descendait dit
Il fait soleil là haut
Et les bombes
Tombent
Et font des trous
Qui sont des tombes

Mais on n'entend plus rien
Pourtant les pompiers n'ont pas sonné
La berloque
Baste les pompiers ont oublié
C'est trop long
Montons
Il fait soleil là-haut

Et nous montâmes à la surface
De la bonne terre ensoleillée

Cependant que je me rasais
Et cætera et cætera
Et que tu étais nue dans la baignoire
Nous comptions de quart d'heure en quart d'heure
Les bombes qui tombaient

Vers midi
Je dis
Décidément c'est fini
Boum enfin c'est incompréhensible
C'est plus long que possible
Le soleil était plus que jamais
Dans la rue
Vraiment que faisons-nous dans les maisons
On ne meurt pas par un si beau soleil
— Sortons – Sortons
À la porte quelqu'un disait
J'ai vu du sang
Mais les trottoirs étaient dorés
Le ciel tout bleu
Et tout Paris était en pèlerinage
Autour des points de chute
Ce fut un samedi
Qui vers 3 heures après-midi
Ressembla fort à un dimanche
Et la berloque ?
On la sonna vers 4 heures
Quand on n'y pensait plus

Et le soir on apprit
Que ces bombes étaient des obus
Venant non d'un avion
Mais d'un canon
Du front
Qui pour porter si loin
Vous aurait bel et bien
Comme un lion de Marius
Trente mètres pour le moins
De la tête à la queue

Et c'est ainsi que les hommes
   En 1918
Fêtèrent l'arrivée du Printemps

Poèmes publiés dans la revue *Sic, Sons Idées Couleurs Formes*, fondée et dirigée par Pierre Albert-Birot, 54 numéros, 1916-1919.

Roger Allard (1885-1961)

Le Guerrier masochiste
ou l'amour du danger

Éphèbe éternel, ô Danger,
Je te sens respirer dans l'ombre,
Ton souffle a des vertus sans nombre
Si tes yeux me sont étrangers.

Quand je me couche dans la boue,
Ou sur la paille d'un abri,
Jusqu'à moi tu rampes sans bruit
Et ta joue est contre ma joue.

N'espère point jouir de moi
Ainsi que d'un amant infâme,
Car je tiens ton poignet de femme
Comme une fleur entre mes doigts.

Tu es mon sceptre florissant,
Tu es ma couronne d'épines,
Les sept glaives de ma poitrine
Et la pivoine de mon sang !

Tu mets dans tout ce que je mange
Un goût de fièvre et de baiser
Et donnes à mon ciel brisé
La splendeur d'un miroir étrange.

Tout l'avenir se décompose,
Comme en un prisme de douleur,
À travers ton corps sans couleur
Mais non pas sans métamorphose :

Aussi chacun préfère-t-il,
À moins d'avoir un cœur d'eunuque,
Ta main de braise sur la nuque
Au battement des plus doux cils.

Tout meurtri du bien que j'endure,
Sans toi s'il faut vivre demain,
À qui demanderai-je en vain
Ton inimitable torture ?

Les plus sévères voluptés
N'auront pour moi que peu de charmes
Et je nourrirai dans les larmes
Des amours pleins de cruauté.

Élégies martiales, 1915-1918, Paris, NRF, 1928 (1re éd. 1918).

Anonyme
(paroles recueillies par Paul Vaillant-Couturier)

Chanson de Craonne

Quand au bout d'huit jours le r'pos terminé
On va reprendre les tranchées,
Notre place est si utile
Que sans nous on prend la pile
Mais c'est bien fini, on en a assez
Personne ne veut plus marcher
Et le cœur bien gros, comm' dans un sanglot
On dit adieu aux civ'lots
Même sans tambours, même sans trompettes
On s'en va là-haut en baissant la tête

<u>Refrain</u>
Adieu la vie, adieu l'amour,
Adieu toutes les femmes
C'est bien fini, c'est pour toujours
De cette guerre infâme
C'est à Craonne sur le plateau
Qu'on doit laisser sa peau
Car nous sommes tous condamnés
Nous sommes les sacrifiés

Huit jours de tranchée, huit jours de souffrance
Pourtant on a l'espérance
Que ce soir viendra la r'lève
Que nous attendons sans trêve

Soudain dans la nuit et dans le silence
On voit quelqu'un qui s'avance
C'est un officier de chasseurs à pied
Qui vient pour nous remplacer
Doucement dans l'ombre sous la pluie qui tombe
Les petits chasseurs vont chercher leurs tombes

Refrain

C'est malheureux d'voir sur les grands boulevards
Tous ces gros qui font la foire
Si pour eux la vie est rose
Pour nous c'est pas la même chose
Au lieu d'se cacher tous ces embusqués
Feraient mieux d'monter aux tranchées
Pour défendre leur bien, car nous n'avons rien
Nous autres les pauv' purotins
Tous les camarades sont enterrés là
Pour défendr' les biens de ces messieurs-là

Refrain

Guillaume Apollinaire (1880-1918)

La Petite Auto

Le 31 du mois d'Août 1914
Je partis de Deauville un peu avant minuit
Dans la petite auto de Rouveyre

Avec son chauffeur nous étions trois

Nous dîmes adieu à toute une époque
Des géants furieux se dressaient sur l'Europe
Les aigles quittaient leur aire attendant le soleil
Les poissons voraces montaient des abîmes
Les peuples accouraient pour se connaître à fond
Les morts tremblaient de peur dans leurs sombres demeures

Les chiens aboyaient vers là-bas où étaient les frontières
Je m'en allais portant en moi toutes ces armées qui se battaient
Je les sentais monter en moi et s'étaler les contrées où elles serpentaient
Avec les forêts les villages heureux de la Belgique
Francorchamps avec l'Eau Rouge et les pouhons
Région par où se font toujours les invasions
Artères ferroviaires où ceux qui s'en allaient mourir saluaient encore une fois la vie colorée

[…]
Et quand après avoir passé l'après-midi
Par Fontainebleau
Nous arrivâmes à Paris
Au moment où l'on affichait la mobilisation
Nous comprîmes mon camarade et moi
Que la petite auto nous avait conduits dans une époque
Nouvelle
Et bien qu'étant déjà tous deux des hommes mûrs
Nous venions cependant de naître

Guillaume Apollinaire (1880-1918)

À Nîmes

Je me suis engagé sous le plus beau des cieux
Dans Nice la Marine au nom victorieux

Perdu parmi 900 conducteurs anonymes
Je suis un charretier du neuf charroi de Nîmes

L'Amour dit Reste ici Mais là-bas les obus
Épousent ardemment et sans cesse les buts

J'attends que le printemps commande que s'en aille
Vers le nord glorieux l'intrépide bleusaille

Les 3 servants assis dodelinent leurs fronts
Où brillent leurs yeux clairs comme mes éperons

Un bel après-midi de garde à l'écurie
J'entends sonner les trompettes d'artillerie

J'admire la gaieté de ce détachement
Qui va rejoindre au front notre beau régiment

Le territorial se mange une salade
À l'anchois en parlant de sa femme malade

4 pointeurs fixaient les bulles des niveaux
Qui remuaient ainsi que les yeux des chevaux

Le bon chanteur Girault nous chante après 9 heures
Un grand air d'opéra toi l'écoutant tu pleures

Je flatte de la main le petit canon gris
Gris comme l'eau de la Seine et je songe à Paris

Mais ce pâle blessé m'a dit à la cantine
Des obus dans la nuit la splendeur argentine

Je mâche lentement ma portion de bœuf
Je me promène seul le soir de 5 à 9

Je selle mon cheval nous battons la campagne
Je te salue au loin belle rose ô tour Magne

GUILLAUME APOLLINAIRE (1880-1918)

La Colombe poignardée et le jet d'eau

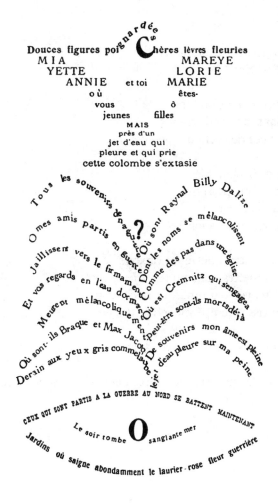

GUILLAUME APOLLINAIRE (1880-1918)

SP

Au maréchal des logis
René Berthier

Qu'est-ce qu'on y met
Dans la case d'armons
Espèce de poilu de mon cœur

Pan pan pan
Perruque perruque
Pan pan pan
Perruque à canon

Pour lutter contre les vapeurs
les lunettes pour protéger les yeux
au moyen d'un masque nocivité gaz
un tissu trempé mouchoir des nez

dans la solution de bicarbonate de sodium

Les masques seront simplement mouillés des larmes
de rire de rire

Guillaume Apollinaire (1880-1918)

Guerre

Rameau central de combat
Contact par l'écoute
On tire dans la direction « des bruits entendus »
Les jeunes de la classe 1915
Et ces fils de fer électrisés
Ne pleurez donc pas sur les horreurs de la guerre
Avant elle nous n'avions que la surface
De la terre et des mers
Après elle nous aurons les abîmes
Le sous-sol et l'espace aviatique
Maîtres du timon
Après après
Nous prendrons toutes les joies
Des vainqueurs qui se délassent
Femmes Jeux Usines Commerce
Industrie Agriculture Métal
Feu Cristal Vitesse
Voix Regard Tact à part
Et ensemble dans le tact venu de loin
De plus loin encore
De l'Au-delà de cette terre

Guillaume Apollinaire (1880-1918)

Les Soupirs du servant de Dakar

C'est dans la cagnat en rondins voilés d'osier
Auprès des canons gris tournés vers le nord
    Que je songe au village africain
Où l'on dansait où l'on chantait où l'on faisait l'amour
      Et de longs discours
          Nobles et joyeux

    Je revois mon père qui se battit
  Contre les Achantis
  Au service des Anglais
    Je revois ma sœur au rire en folie
      Aux seins durs comme des obus
         Et je revois
Ma mère la sorcière qui seule du village
        Méprisait le sel
  Piler le millet dans un mortier
Je me souviens du si délicat si inquiétant
Fétiche dans l'arbre
Et du double fétiche de la fécondité
Plus tard une tête coupée
Au bord d'un marécage
Ô pâleur de mon ennemi
C'était une tête d'argent
  Et dans le marais
C'était la lune qui luisait

C'était donc une tête d'argent
Là-haut c'était la lune qui dansait
C'était donc une tête d'argent
Et moi dans l'antre j'étais invisible
C'était donc une tête de nègre dans la nuit profonde
  Similitudes Pâleurs
  Et ma sœur
  Suivit plus tard un tirailleur
    Mort à Arras

 Si je voulais savoir mon âge
  Il faudrait le demander à l'évêque
  Si doux si doux avec ma mère
  De beurre de beurre avec ma sœur
  C'était dans une petite cabane
Moins sauvage que notre cagnat de canonniers-servants
  J'ai connu l'affût au bord des marécages
  Où la girafe boit les jambes écartées
 J'ai connu l'horreur de l'ennemi qui dévaste
   Le Village
   Viole les femmes
   Emmène les filles
Et les garçons dont la croupe dure sursaute
J'ai porté l'administrateur des semaines
   De village en village
   En chantonnant
  Et je fus domestique à Paris
    Je ne sais pas mon âge
    Mais au recrutement
    On m'a donné vingt ans
  Je suis soldat français on m'a blanchi du coup
  Secteur 59 je ne peux pas dire où

Pourquoi donc être blanc est-ce mieux qu'être noir
　　　　Pourquoi ne pas danser et discourir
　　　　　　Manger et puis dormir
　　　　Et nous tirons sur les ravitaillements boches
　　　　Ou sur les fils de fer devant les bobosses
　　　　Sous la tempête métallique
Je me souviens d'un lac affreux
　　　　　Et de couples enchaînés par un atroce amour
　　　　　　　Une nuit folle
　　　　　　Une nuit de sorcellerie
　　　　　　Comme cette nuit-ci
　　　　　Où tant d'affreux regards
　　　　　Éclatent dans le ciel splendide

GUILLAUME APOLLINAIRE (1880-1918)

Fête

Feu d'artifice en acier
Qu'il est charmant cet éclairage
    Artifice d'artificier
Mêler quelque grâce au courage

Deux fusants
Rose éclatement
Comme deux seins que l'on dégrafe
Tendent leurs bouts insolemment
IL SUT AIMER
              quelle épitaphe

Un poète dans la forêt
Regarde avec indifférence
  Son revolver au cran d'arrêt
Des roses mourir d'espérance

Il songe aux roses de Saadi
Et soudain sa tête se penche
Car une rose lui redit
La molle courbe d'une hanche

L'air est plein d'un terrible alcool
Filtré des étoiles mi-closes
Les obus caressent le mol
Parfum nocturne où tu reposes
    Mortification des roses

Guillaume Apollinaire (1880-1918)

La Nuit du 15 avril

Le ciel est étoilé par les obus des Boches
La forêt merveilleuse où je vis donne un bal
La mitrailleuse joue un air à triples-croches
Mais avez-vous le mot
                        Eh ! oui le mot fatal
Aux créneaux Aux créneaux Laissez là les pioches

Comme un astre éperdu qui cherche ses saisons
Cœur obus éclaté tu sifflais ta romance
Et tes mille soleils ont vidé les caissons
Que les dieux de mes yeux remplissent en silence

Nous vous aimons ô vie et nous vous agaçons

Les obus miaulaient un amour à mourir
Un amour qui se meurt est plus doux que les autres
Ton souffle nage au fleuve où le sang va tarir
Les obus miaulaient
                        Entends chanter les nôtres
Pourpre amour salué par ceux qui vont périr

Le printemps tout mouillé la veilleuse l'attaque
Il pleut mon âme il pleut mais il pleut des yeux morts
Ulysse que de jours pour rentrer dans Ithaque

Couche-toi sur la paille et songe un beau remords
Qui pur effet de l'art soit aphrodisiaque

Mais
    orgues
           aux fétus de la paille où tu dors
L'hymne de l'avenir est paradisiaque

Guillaume Apollinaire (1880-1918)

L'Adieu du cavalier

Ah Dieu ! que la guerre est jolie
Avec ses chants ses longs loisirs
Cette bague je l'ai polie
Le vent se mêle à vos soupirs

Adieu ! voici le boute-selle
Il disparut dans un tournant
Et mourut là-bas tandis qu'elle
Riait au destin surprenant

GUILLAUME APOLLINAIRE (1880-1918)

Fusée

La boucle des cheveux noirs de ta nuque est mon trésor
Ma pensée te rejoint et la tienne la croise
Tes seins sont les seuls obus que j'aime
Ton souvenir est la lanterne de repérage qui nous sert à pointer la nuit

En voyant la large croupe de mon cheval j'ai pensé à tes hanches

Voici les fantassins qui s'en vont à l'arrière en lisant un journal

Le chien du brancardier revient avec une pipe dans sa gueule

Un chat-huant ailes fauves yeux ternes gueule de petit chat et pattes de chat

Une souris verte file parmi la mousse

Le riz a brûlé dans la marmite de campement
Ça signifie qu'il faut prendre garde à bien des choses

Le mégaphone crie
Allongez le tir

Allongez le tir amour de vos batteries

Balance des batteries lourdes cymbales
Qu'agitent les chérubins fous d'amour
En l'honneur du Dieu des Armées

Un arbre dépouillé sur une butte

Le bruit des tracteurs qui grimpent dans la vallée

Ô vieux monde du XIXe siècle plein de hautes cheminées si belles et si pures
Virilités du siècle où nous sommes
Ô canons
Douilles éclatantes des obus de 75
Carillonnez pieusement

Guillaume Apollinaire (1880-1918)

Désir

Mon désir est la région qui est devant moi
Derrière les lignes boches
Mon désir est aussi derrière moi
Après la zone des armées

Mon désir c'est la butte du Mesnil
Mon désir est là sur quoi je tire
De mon désir qui est au-delà de la zone des armées
Je n'en parle pas aujourd'hui mais j'y pense

Butte du Mesnil je t'imagine en vain
Des fils de fer des mitrailleuses des ennemis trop sûrs d'eux
Trop enfoncés sous terre déjà enterrés

Ca ta clac des coups qui meurent en s'éloignant

En y veillant tard dans la nuit
Le Decauville qui toussote
La tôle ondulée sous la pluie
Et sous la pluie ma bourguignotte

Entends la terre véhémente
Vois les lueurs avant d'entendre les coups
Et tel obus siffler de la démence
Ou le tac tac tac monotone et bref plein de dégoût

Je désire
Te serrer dans ma main Main de Massiges
Si décharnée sur la carte
Le boyau Goethe où j'ai tiré
J'ai tiré même sur le boyau Nietzsche
Décidément je ne respecte aucune gloire
Nuit violente et violette et sombre et pleine d'or par moments
Nuits des hommes seulement

Nuit du 24 septembre
Demain l'assaut
Nuit violente ô nuit dont l'épouvantable cri profond devenait plus intense de minute en minute
Nuit qui criait comme une femme qui accouche
Nuit des hommes seulement

Guillaume Apollinaire (1880-1918)

Chant de l'horizon en Champagne

Voici le tétin rose de l'euphorbe verruquée
Voici le nez des soldats invisibles
Moi l'horizon invisible je chante
Que les civils et les femmes écoutent ces chansons
Et voici d'abord la cantilène du brancardier blessé

>   Le sol est blanc la nuit l'azure
>   Saigne la crucifixion
>   Tandis que saigne la blessure
>   Du soldat de Promission
>
>   Un chien jappait l'obus miaule
>   La lueur muette a jailli
>   À savoir si la guerre est drôle
>   Les masques n'ont pas tressailli
>
>   Mais quel fou rire sous le masque
>   Blancheur éternelle d'ici
>   Où la colombe porte un casque
>   Et l'acier s'envole aussi

Je suis seul sur le champ de bataille
Je suis la tranchée blanche le bois vert et roux
L'obus miaule
Je te tuerai

Animez-vous fantassins à passepoil jaune
Grands artilleurs roux comme des taupes
Bleu-de-roi comme les golfes méditerranéens
Veloutés de toutes les nuances du velours
Ou mauves encore ou bleu-horizon comme les autres
Ou déteints
Venez le pot en tête
Debout fusée éclairante
Danse grenadier en agitant tes pommes de pin
Alidades des triangles de visée pointez-vous sur les lueurs
Creusez des trous enfants de 20 ans creusez des trous
        Sculptez les profondeurs
Envolez-vous essaims des avions blonds ainsi que les avettes
Moi l'horizon je fais la roue comme un grand Paon
Écoutez renaître les oracles qui avaient cessé
        Le grand Pan est ressuscité
Champagne viril qui émoustille la Champagne
Hommes faits jeunes gens
Caméléon des autos-canons
Et vous classe 16
Craquements des arrivées ou bien floraison blanche dans les cieux
J'étais content pourtant ça brûlait la paupière
Les officiers captifs voulaient cacher leurs noms
Œil du Breton blessé couché sur la civière
Et qui criait aux morts aux sapins aux canons
Priez pour moi Bon Dieu je suis le pauvre Pierre

    Boyaux et rumeur du canon
    Sur cette mer aux blanches vagues

Fou stoïque comme Zénon
Pilote du cœur tu zigzagues

Petites forêts de sapins
La nichée attend la becquée
Pointe-t-il des nez de lapins
Comme l'euphorbe verruquée

Ainsi que l'euphorbe d'ici
Le soleil à peine boutonne
Je l'adore comme un Parsi
Ce tout petit soleil d'automne

Un fantassin presque un enfant
Bleu comme le jour qui s'écoule
Beau comme mon cœur triomphant
Disait en mettant sa cagoule

Tandis que nous n'y sommes pas
Que de filles deviennent belles
Voici l'hiver et pas à pas
Leur beauté s'éloignera d'elles

Ô Lueurs soudaines des tirs
Cette beauté que j'imagine
Faute d'avoir des souvenirs
Tire de vous son origine

Car elle n'est rien que l'ardeur
De la bataille violente
Et de la terrible lueur
Il s'est fait une muse ardente

Il regarde longtemps l'horizon
Couteaux tonneaux d'eaux
Des lanternes allumées se sont croisées
Moi l'horizon je combattrai pour la victoire

Je suis l'invisible qui ne peut disparaître
Je suis comme l'onde
Allons ouvrez les écluses que je me précipite et renverse tout

Guillaume Apollinaire (1880-1918)

Il y a

Il y a un vaisseau qui a emporté ma bien-aimée
Il y a dans le ciel six saucisses et la nuit venant on dirait des asticots dont naîtraient les étoiles
Il y a un sous-marin ennemi qui en voulait à mon amour
Il y a mille petits sapins brisés par les éclats d'obus autour de moi
Il y a un fantassin qui passe aveuglé par les gaz asphyxiants
Il y a que nous avons tout haché dans les boyaux de Nietzsche de Goethe et de Cologne
Il y a que je languis après une lettre qui tarde
Il y a dans mon porte-cartes plusieurs photos de mon amour
Il y a les prisonniers qui passent la mine inquiète
Il y a une batterie dont les servants s'agitent autour des pièces
Il y a le vaguemestre qui arrive au trot par le chemin de l'Arbre isolé
Il y a dit-on un espion qui rôde par ici invisible comme l'horizon dont il s'est indignement revêtu et avec quoi il se confond
Il y a dressé comme un lys le buste de mon amour
Il y a un capitaine qui attend avec anxiété les communications de la T. S. F. sur l'Atlantique

Il y a à minuit des soldats qui scient des planches pour les cercueils
Il y a des femmes qui demandent du maïs à grands cris devant un Christ sanglant à Mexico
Il y a le Gulf Stream qui est si tiède et si bienfaisant
Il y a un cimetière plein de croix à 5 kilomètres
Il y a des croix partout de-ci de-là
Il y a des figues de Barbarie sur ces cactus d'Algérie
Il y a les longues mains souples de mon amour
Il y a un encrier que j'avais fait dans une fusée de 15 centimètres et qu'on n'a pas laissé partir
Il y a ma selle exposée à la pluie
Il y a les fleuves qui ne remontent pas leurs cours
Il y a l'amour qui m'entraîne avec douceur
Il y avait un prisonnier boche qui portait sa mitrailleuse sur son dos
Il y a des hommes dans le monde qui n'ont jamais été à la guerre
Il y a des Hindous qui regardent avec étonnement les campagnes occidentales
Ils pensent avec mélancolie à ceux dont ils se demandent s'ils les reverront
Car on a poussé très loin durant cette guerre l'art de l'invisibilité

GUILLAUME APOLLINAIRE (1880-1918)

Simultanéités

Les canons tonnent dans la nuit
On dirait des vagues tempête
Des cœurs où pointe un grand ennui
Ennui qui toujours se répète

Il regarde venir là-bas
Les prisonniers L'heure est si douce
Dans ce grand bruit ouaté très bas
Très bas qui grandit sans secousse

Il tient son casque dans ses mains
Pour saluer la souvenance
Des lys des roses des jasmins
Éclos dans les jardins de France

Et sous la cagoule masqué
Il pense à des cheveux si sombres
Mais qui donc l'attend sur le quai
Ô vaste mer aux mauves ombres

Belles noix du vivant noyer
La grand folie en vain vous gaule
Brunette écoute gazouiller
La mésange sur ton épaule

Notre amour est une lueur
Qu'un projecteur du cœur dirige
Vers l'ardeur égale du cœur
Qui sur le haut Phare s'érige

Ô phare-fleur mes souvenirs
Les cheveux noirs de Madeleine
Les atroces lueurs des tirs
Ajoutent leur clarté soudaine
À tes beaux yeux ô Madeleine

Guillaume Apollinaire (1880-1918)

Le Vigneron champenois

Le régiment arrive
Le village est presque endormi dans la lumière parfumée
Un prêtre a le casque en tête
La bouteille champenoise est-elle ou non une artillerie
Les ceps de vigne comme l'hermine sur un écu
Bonjour soldats
Je les ai vus passer et repasser en courant
Bonjour soldats bouteilles champenoises où le sang fermente
Vous resterez quelques jours puis remonterez en ligne
Échelonnés ainsi que sont les ceps de vigne
J'envoie mes bouteilles partout comme les obus d'une charmante artillerie

La nuit est blonde ô vin blond
Un vigneron chantait courbé dans sa vigne
Un vigneron sans bouche au fond de l'horizon
Un vigneron qui était lui-même la bouteille vivante
Un vigneron qui sait ce qu'est la guerre
Un vigneron champenois qui est un artilleur

C'est maintenant le soir et l'on joue à la mouche
Puis les soldats s'en iront là-haut
Où l'Artillerie débouche ses bouteilles crémantes
Allons Adieu messieurs tâchez de revenir
Mais nul ne sait ce qui peut advenir

Guillaume Apollinaire (1880-1918)

Chevaux de frise

Pendant le blanc et nocturne novembre
Alors que les arbres déchiquetés par l'artillerie
Vieillissaient encore sous la neige
Et semblaient à peine des chevaux de frise
Entourés de vagues de fils de fer
Mon cœur renaissait comme un arbre au printemps
Un arbre fruitier sur lequel s'épanouissent
         Les fleurs de l'amour

Pendant le blanc et nocturne novembre
Tandis que chantaient épouvantablement les obus
Et que les fleurs mortes de la terre exhalaient
         Leurs mortelles odeurs
Moi je décrivais tous les jours mon amour à Madeleine
La neige met de pâles fleurs sur les arbres
  Et toisonne d'hermine les chevaux de frise
     Que l'on voit partout
        Abandonnés et sinistres
         Chevaux muets
  Non chevaux barbes mais barbelés
     Et je les anime tout soudain
  En troupeau de jolis chevaux pie
Qui vont vers toi comme de blanches vagues
     Sur la Méditerranée
     Et t'apportent mon amour

Roselys ô panthère ô colombes étoile bleue
        Ô Madeleine
Je t'aime avec délices
Si je songe à tes yeux je songe aux sources fraîches
Si je pense à ta bouche les roses m'apparaissent
Si je songe à tes seins le Paraclet descend
        Ô double colombe de ta poitrine
Et vient délier ma langue de poète
        Pour te redire
        Je t'aime
Ton visage est un bouquet de fleurs
    Aujourd'hui je te vois non Panthère
               Mais Toutefleur
Et je te respire ô ma Toutefleur
Tous les lys montent en toi comme des cantiques d'amour et d'allégresse
Et ces chants qui s'envolent vers toi
        M'emportent à ton côté
        Dans ton bel Orient où les lys
Se changent en palmiers qui de leurs belles mains
Me font signe de venir
La fusée s'épanouit fleur nocturne
        Quand il fait noir
Et elle retombe comme une pluie de larmes amoureuses
De larmes heureuses que la joie fait couler
        Et je t'aime comme tu m'aimes
        Madeleine

Calligrammes, Poèmes de la paix et de la guerre (1913-1916), Paris, Mercure de France, 1918.

Louis Aragon (1897-1982)

Le Délire du fantassin

L'enfant fantôme fend de l'homme
entre les piliers de pierre
$2\pi R$ son tour de tête
      (La tour monte attention au ciel)
Comme il mue avec sa voix de rogomme
Il effraye à tort ou à raison l'orfraie empaillée
Qu'on ne voit pas à cause de la chaleur
              à cause de la couleur
              à cause de la douleur

      Jamais la boule en buis ne pourra retomber
Sur le bout de bois blanc du bilboquet

Louis Aragon (1897-1982)

Programme

                Au rendez-vous des assassins
                Le sang et la peinture fraîche

Odeur du froid
              On tue au dessert
Les bougies n'agiront pas assez
Nous aurons évidemment besoin de nos petits outils
Le chef se masque
Velours des abstractions
Monsieur va sans doute au bal de l'Opéra
Tous les crimes se passent à La Muette
Et cætera
Ils ne voient que l'argent à gagner Opossum
Ma bande réunit les plus grands noms de France
         Bouquets de fleurs Abus de confiance
J'entraîne Paris dans mon déshonneur Course
              Coup de Bourse
La perspective réjouit le cœur des complices
Machine infernale au sein d'un coquelicot
Ils ne s'enrichiront plus longtemps. C'est à leur tour
Étoile en journal des carreaux cassés
Je connais les points faibles des vilebrequins mes camarades
On arrive à ses fins par la délation sans yeux
Le poison Bière mousseuse

Ou la trahison
Celui-ci Pâture du cheval de bois
Je le livre à la police
Les autres se frottent les mains
Vous ne perdez rien pour attendre
Il y aura des sinistres sur mer cette nuit
Des attentats Des préoccupations
Sur les descentes de lit la mort coule en lacs rouges
Encore deux amis avant d'arriver à mon frère
Il me regarde en souriant et je lui montre aussi les dents
    Lequel étranglera l'autre
La main dans la main
Tirerons-nous au sort le nom de la victime
L'agression nœud coulant
Celui qui parlait trépasse
Le meurtrier se relève et dit
      Suicide
     Fin du monde

Enroulement des drapeaux coquillages
Le flot ne rend pas ses vaisseaux
Secrets de goudron Torches
Fruit percé de trous Sifflet de plomb
Je rends le massacre inutile et renie
le passé vert et blanc pour le plaisir

Je mets au concours l'anarchie
dans toutes les librairies et gares

LOUIS ARAGON (1897-1982)

Secousse

BROUF
Fuite à jamais de l'amertume
Les prés magnifiques volants peints de frais
Tournent champs qui chancellent
Le point mort
Ma tête tinte et tant de crécelles

Le paysage en miettes

Hop l'Univers verse
Qui chavire L'autre ou moi
L'autre émoi La naissance à cette solitude
Je donne un nom meilleur aux merveilles du jour
J'invente à nouveau le vent tape-joue
Le monde à bas je le bâtis plus beau
Sept soleils de couleur griffent la campagne
Au bout de mes cils tremble un prisme de larmes
Désormais Gouttes d'Eau.

On lit au poteau du chemin vicinal.
ROUTE INTERDITE AUX TERRASSIERS.

Feu de joie, Paris, Au Sans Pareil, 1919.

Louis Aragon (1897-1982)

La guerre et ce qui s'ensuivit

[…]

On part Dieu sait pour où Ça tient du mauvais rêve
On glissera le long de la ligne de feu
Quelque part ça commence à n'être plus du jeu
Les bonshommes là-bas attendent la relève

[…]

Et nous vers l'est à nouveau qui roulons Voyez
La cargaison de chair que notre marche entraîne
Vers le fade parfum qu'exhalent les gangrènes
Au long pourrissement des entonnoirs noyés

Tu n'en reviendras pas toi qui courais les filles
Jeune homme dont j'ai vu battre le cœur à nu
Quand j'ai déchiré ta chemise et toi non plus
Tu n'en reviendras pas vieux joueur de manille

Qu'un obus a coupé par le travers en deux
Pour une fois qu'il avait un jeu du tonnerre
Et toi le tatoué l'ancien Légionnaire
Tu survivras longtemps sans visage sans yeux

Roule au loin roule train des dernières lueurs
Les soldats assoupis que ta danse secoue
Laissent pencher leur front et fléchissent le cou
Cela sent le tabac la laine et la sueur

Comment vous regarder sans voir vos destinées
Fiancés de la terre et promis des douleurs
La veilleuse vous fait de la couleur des pleurs
Vous bougez vaguement vos jambes condamnées

[...]

Déjà la pierre pense où votre nom s'inscrit
Déjà vous n'êtes plus qu'un nom d'or sur nos places
Déjà le souvenir de vos amours s'efface
Déjà vous n'êtes plus que pour avoir péri

Le Roman inachevé, Paris, Gallimard, 1956.

Jean Arbousset (1895-1918)

Quelques mots

    Lorsque la mort viendra chez vous,
ouvrez toutes grandes vos portes,
ouvrez vos portes avec amour
et bénissez avec amour
ce qu'elle apporte
à celui qui n'est plus à vous :
ces pleurs de l'amitié,
ces fleurs de pitié
dans la chambre blanche effeuillées
en tapis de douceur où marchera son âme…
    Lorsque la mort viendra, comme une bonne femme tout simplement, tout bêtement, faucher un corps, chez vous,
aimez jusqu'au détail du funèbre décor,
et si vous êtes pauvre
vous aimerez encore
jusqu'à ce triste bruit de clous
dans le sapin, dans les planches jointes à peine,
parce qu'il a manqué des sous
pour un cercueil de chêne
aux vis silencieuses
comme des veilleuses.
Et si le mort était un frêle poitrinaire,
vous aimerez le lent calvaire
de sa chair arrachée pétale par pétale

aux ronces de sa route pâle.
Car tous ceux-là sont morts dans le lit de famille.
Leur mère, s'ils étaient enfants,
et, s'ils étaient âgés, leur fille
leur a serré les dents,
clos
les yeux
et joui des moments de soins minutieux,
presque dévot.

    Mais d'autres meurent dans la boue,
sans bras, sans jambes et sans joues ;
on les enterre n'importe où,
souvent on ne met rien du tout
sur leur tombe.
On les enterre là où ils tombent.
Ceux qui ne les ont pas aperçus
marchent dessus.

    Lorsque la mort viendra chez vous,
ouvrez toutes grandes vos portes
et bénissez cette joie forte
de pouvoir vous mettre à genoux.

Vauquois, 1915

Le Livre de « quinze grammes », caporal, Paris, Georges Crès et Cie, 1917.

René Arcos (1880-1959)

Les Morts...

Le vent fait flotter
Du même côté
Les voiles des veuves

Et les pleurs mêlés
Des mille douleurs
Vont au même fleuve.

Serrés les uns contre les autres
Les morts sans haine et sans drapeau,
Cheveux plaqués de sang caillé,
Les morts sont tous d'un seul côté.

Dans l'argile unique où s'allie sans fin
Au monde qui meurt celui qui commence
Les morts fraternels, tempe contre tempe,
Expient aujourd'hui la même défaite.

Heurtez-vous, ô fils divisés !
Et déchirez l'Humanité
En vains lambeaux de territoires,
Les morts sont tous d'un seul côté ;

Car sous la terre il n'y a plus
Qu'une patrie et qu'un espoir
Comme il n'y a pour l'Univers
Qu'un combat et qu'une victoire.

RENÉ ARCOS (1880-1959)

Tout n'est peut-être pas perdu

Tout n'est peut être pas perdu
Puisqu'il nous reste au fond de l'être
Plus de richesse et de gloire
Qu'aucun vainqueur n'en peut atteindre ;

Plus de tendresse au fond du cœur
Que tous les canons ne peuvent de haine
Et plus d'allégresse pour l'ascension
Que le plus haut pic n'en pourra lasser.

Peut-être que rien n'est perdu
Puisqu'il nous reste ce regard
Qui contemple au-delà du siècle
L'image d'un autre univers.

Rien n'est perdu puisqu'il suffit
Qu'un seul de nous dans la tourmente
Reste pareil à ce qu'il fut
Pour sauver tout l'espoir du monde.

Le Sang des autres, extraits cités dans *Les Poètes contre la guerre. Anthologie de la poésie française 1914-1919*, Genève, Éditions du Sablier, 1920.

Henry Bataille (1872-1922)

Le Départ

Des poings dressés. Furie. Rage. Tout vocifère,
Un seul cri, un seul mot, dans l'air passe et repasse,
En galop furieux chargeant la populace,
Un cri qui la fouaille en plein cœur :
« Guerre ! guerre ! »
La ville insoucieuse est devenue la ruche
Qui vomit tout un peuple noir, des myriades
Bourdonnantes qui se bousculent et s'évadent,
Un terrible hallali de bêtes qui débuche
De tous les carrefours, d'entre tous les pavés.
Le peuple-roi, d'un bond rude, s'est soulevé !
Comme ils sont beaux, ces cous tendus, ces poings brandis,
Ces muscles décuplés et moites de sueur !
La cité bout. En un instant sort de Paris
Toute une incoercible et poignante rumeur,
En même temps qu'on voit jaillir au haut des pierres
L'étamine fripée des drapeaux populaires...
Aux armes ! On s'embrasse. On crie, on pleure, on rit.
Les mères ont au flanc des tressaillements neufs
Comme s'il procréait une seconde fois
Ces enfants destinés aux gloires du pavois.
Tous, même les vieillards, les veuves ou les veufs
Qui n'ont qu'un seul enfant à donner au pays
Semblent frappés de la démence du tumulte.

Et dès lors c'est à qui sacrifiera son fils !
On est fier quand on sait que le sien est adulte,
Et d'autres sont honteux de l'avoir eu si tard !
Inexplicable don des foules ! Surenchère
Du sacrifice ! C'est la ville en grand départ,
Pareille au vaisseau plein qui s'arrache à la terre.
Lâchez tous les drapeaux, les cœurs et les amarres !
Détachez les canons ! qu'ils courent sur le monde !
Lâchez Paris, lâchez son aile et ses tonnerres !
Qu'il n'y ait qu'un seul cri fulminant :
« Guerre ! Guerre ! »
Car la race est debout, ce soir. Le peuple gronde.
La race est là, presque ébahie d'être en sueur
Héroïque, et d'avoir retrouvé sa stature.
Elle est là, tout en muscle et rouge de fureur.
Subitement elle se rue, crachant l'injure,
La face révulsée et le couteau levé.
Ô spasme de la gloire, ô vieux soleils civiques,
Vois voici donc ! Ave, Cesar, Ave !
Je te salue, ô renaissance du tragique,
Toi, tes sombres ardeurs, tes jubilations
Et tes reniflements de sang dans l'horizon !
Ton souffle a rempli trois millions d'âmes saoules.
Nous frappons le sol des cités réincarnées,
Ensevelies dans leur poussière d'épopée !
Quoi donc ? nous aurons vu ce temps et cette foule ?
Et nous vivrons cela ! Ce jour est arrivé
Où la guerre a jailli comme un beau fruit d'été !
Les lèvres assoiffées s'ouvrent. Les cœurs se fondent.
L'ouvrier, l'artisan, les bourgeois, les rôdeurs,
La foule brune au flot moucheté de couleurs,
Le peuple du faubourg, les viveurs et les gueux,

Tout fraternise, s'entr'appelle, en des poussées
Irrésistibles, en des clameurs insensées.
Le bourgeron vous prend des tons de drapeaux bleus,
Le noir a déjà l'air d'être le noir du deuil.
Car de tous ceux qui crient « Guerre ! Victoire ! Joie ! »
Combien reviendra-t-il ? Et combien de proies
Payerons-nous ce dieu rageur ?
[…]

Henry Bataille (1872-1922)

Aux mères douloureuses

Rien n'est plus merveilleux que la beauté des morts.
Si l'on vous dit jamais que la balle, en frappant,
Que l'obus, en fauchant, avaient meurtri leurs corps
Assez pour qu'on n'y vît que la terreur du sang,

N'en croyez rien ! Ce n'est pas vrai. Graves, superbes,
Sculptés par le génie insensé de la mort,
Tous ces soldats raidis se sont couchés dans l'herbe,
Comme des rois, vêtus de fer, de pourpre et d'or.

On vous dira : « Hachés, mutilés, c'est à peine
« Si l'on voyait de la couverture de laine
« Émerger le point noir de leurs souliers à clous. »
Ou bien : « Ils étaient droits, au contraire, debout. »

[...]

Ce n'est pas vrai qu'on ait abîmé leurs figures !
Mères, rassurez-vous, écartez vos deux mains
Du visage qui fuit la vision... Je jure
Qu'ils avaient, tous, la face empreinte du divin.

Pas un, entendez-vous, par un qui ne fût tel !...
Il faut le croire. Il faut. J'en atteste le ciel.
Mères, levez le front. J'en viens ! Je les ai vus !
Tous vos enfants étaient aussi beaux que Jésus.

Henry Bataille (1872-1922)

Le Cauchemar

Plus tard, et bien après que tout sera fini,
Quand les peuples auront pansé leurs ecchymoses.
Quand la paix versera sur toi ses jours bénis,
Combien de fois, hagard, et dressé sur ton lit,
Les cheveux en sueur, à l'heure où tout repose,
Pauvre homme, dans la tressaillante obscurité
Qui rampe autour de toi, tu reverras la Chose
Affreuse, dont ton front fut à jamais frappé !
D'âge en âge, tu revivras les jours vécus,
Et toi que le sommeil ne visitera plus,
Pour apaiser le feu des nuits, tu tireras
Le berceau de tes fils à côté de tes draps.
Le fantôme des Anxiétés, l'esprit noir
Du Tourment, fourmilleront autour de la couche ;
De partout affluera le vent du désespoir.
Le canon miaulera le baiser de sa bouche...
Reconnais-tu l'horreur de la mort convulsive ?
[...]
Un craquement d'os en plein azur... Oui, tout bouge !...
Jubilation démoniaque... Joie rouge,
Rouge comme un drapeau dans des tonnerres d'or !...
Sombre éboulis !... Égorgement sans cris ! Tu mords
À pleine bouche l'étoffe, l'acier, la chair.
Dans le halètement hideux du corps à corps,

Jusqu'à ce que la nuit et la mort, ce concert
Travaillant, ahanant, sur vos corps défoncés,
Pétris de boue, de sang et d'os, — déchets de crime,
Peu à peu, lentement, en spasmes espacés,
S'apaisent!...
[...]

La Divine Tragédie, Paris, Eugène Fasquelle, 1916.

Nicolas Beauduin (1881-1960)

L'Offrande héroïque

Ô France, me voici devant toi en ce jour,
Je suis devant ta face, ô divine blessée,
Ma mère, ma patronne et ma sainte épousée,
À qui vont tous mes vœux et mes larmes d'amour.

Je suis là prosterné à tes pieds et te prie
Très humblement pour ton pardon et ton salut.
Oh ! c'est l'heure suprême, ô France, ma patrie,
C'est l'heure du devoir, c'est ta terre qui crie,
Appelant tous tes fils pieux et résolus.

Oh ! c'est ta passion qui va naître féconde,
Oh ! c'est l'oblation et le chemin de croix,
C'est l'holocauste et l'offertoire et c'est la voix
Du sacrifice qui s'élève sur le monde.

France, nous l'entendons ton vaste et saint appel
Jailli de toi et de ton âme trois fois grande.
Nous voici rassemblés au pied de ton autel
Et prêts à te donner notre vie en offrande.

Et graves, confiants, fidèles, à genoux,
Nous te disons : salut, ô Patrie, ô ma France,
Notre sang est à toi, prends, dispose de nous,
Mère de gloire, ô toi notre chère espérance !

L'Offrande héroïque, Neuilly-Paris, La Vie des Lettres, 1916.

Jean-Marc Bernard (1881-1915)

De profundis

Du plus profond de la tranchée
Nous élevons les mains vers vous
Seigneur : Ayez pitié de nous
Et de notre âme desséchée !

Car plus encor que notre chair
Notre âme est lasse et sans courage.
Sur nous s'est abattu l'orage
Des eaux, de la flamme et du fer,

Vous nous voyez couverts de boue
Déchirés, hâves et rendus…
Mais nos cœurs, les avez-vous vus ?
Et faut-il, mon Dieu, qu'on l'avoue,

Nous sommes si privés d'espoir
La paix est toujours si lointaine
Que parfois nous savons à peine
Où se trouve notre devoir.

Éclairez-nous et chassez
L'angoisse des cœurs harassés
Ah ! rendez-nous l'enthousiasme !

Mais aux morts, qui ont tous été
Couchés dans la glaise et le sable
Donnez le repos ineffable,
Seigneur ! ils l'ont bien mérité.

Jean-Marc Bernard (1881-1915)

Les Émigrés

J'ai rencontré des émigrés, tout un village,
Parqué frileusement comme un bétail étique,
Ou comme une tribu de ces lointains sauvages
Qu'on voit errer dans la morne enceinte d'un cirque….

Indifférent à tous regard, les haillonneux
Somnolaient. La fétide odeur de la misère
Enveloppait l'exil d'une injure dernière.
Mais moi, j'examinais la beauté de leurs yeux ;

Ces yeux intérieurs, profonds, visionnaires,
Où la douleur jetait un lait à la surface,
Tandis que des brasiers bizarres et fugaces
Pailletaient leurs iris dilatés de lumière…

[…]

Rien qu'à leurs yeux, je sais les pays dont ils sont.
Ils ont laissé là-bas leurs champs et leurs maisons
Mais, — l'ayant faite tenir à l'ombre de leurs cils,—
Ils emportent le ciel entier dans leur exil !

[…]

Aussi, ayant abandonné tout ce qu'ils aiment,
Sachant qu'un tel regret est incommunicable
Et que ce charme-là expire avec nous-mêmes,
Ils errent, tristement, sans parler, lamentables.

[...]

Œuvre de Jean-Marc Bernard, Paris, Le Divan, 1923.

François Bernouard (1884-1949)

Jean-Pierre

La petite église
en pierre grise
de ce hameau est éventrée
de tous côtés.

Près du porche,
un tout jeune guerrier mort
est étendu baignant
dans une immense flaque
de sang.

Un homme déshabille le corps
en pleurant,
vide ses poches,
lui retire sa bague
et met le tout dans son mouchoir.

D'autres guerriers
posent le corps sur un brancard
et dans un champ tout proche
vont l'enterrer.

Les souvenirs
seront envoyés aux parents
et le copain va leur écrire

qu'il n'a pas souffert
en mourant.

C'était un clair soir de Mai,
aimable et frais
la relève en flânant montait,
son cœur battait d'émotion :
il devait le lendemain partir
en permission.

François Bernouard (1884-1949)

Après l'attaque

Là-bas, derrière ce brouillard
qui me rappelle, je ne sais pourquoi, une blonde,
on se bat.

Lentement, comme le soir
descend,
un régiment revient du combat.

Les expressions de chaque visage
sont tragiques et profondes.

Sous une pluie d'engins aveuglément sanguinaires,
dans les trous,
couverts de boue
chacun a tué d'autres hommes,
inconnus, avec bonheur.

Aujourd'hui, ils acceptent ce retour
comme un miracle quotidien,
et, des dangers passés,
certains ont peur soudain.

Le commandant
du bataillon est un sous-lieutenant
de vingt ans ;

il passe fièrement
sur un cheval blanc,
une compagnie
derrière lui
suit.

Le capitaine de la première
est un sergent,
quelques jeunes gens
pliés en deux,
fourbus,
suivent malaisément.

La deuxième et la troisième
n'ont que les cuisiniers
qui ne sont pas montés
aux tranchées.

Le cheval de la quatrième
conduit par le tampon
baisse la tête tristement
en marchant,
suivent de malheureux hommes,
sans casque, hâves, frileux,
qui font une masse informe de boue
qui se meut.

François Bernouard (1884-1949)

Paysage

Ici,
à chaque seconde des jours, des nuits,
depuis des mois, des mois,
on se bat.

Le terrain de part et d'autre
et chacun à son tour
fut attaqué,
farouchement pris,
organisé,
contre-attaqué,
farouchement défendu
et perdu.

Hélas ! tout est périssable,
chaque maison est effondrée
et le village, tout entier
difforme, semble un gros tas de sable.

Les arbres du bois n'ont plus de feuille,
les branches pendent comme des membres brisés.

Et cet arbre
que trois hommes ne pouvaient embrasser,
des obus l'ont, par le milieu, coupé,

à terre péniblement gît le faîte
et ce qu'il reste de ce tronc si beau
ressemble, déchiqueté,
à un blaireau.

Soudain, de ces tranchées,
par les fureurs impitoyables bouleversées
je me souviens de plaisirs, de Paris,
d'un café,
des refrains de tango obsèdent mes esprits.

Chacun dans sa tranchée,
en face l'un de l'autre obstiné est,
quoique tapis, abrité, dissimulé,
une cible
que l'on guette pendant des heures, des jours,
des nuits, des mois
afin de se faire le plus de mal possible.

La douleur et la mort
ensanglantent les maisons,
les villages, les champs, les taillis, les bois,
les ruisseaux, les fleuves, les vallons,
depuis des mois,
des ans.

Il n'y a pas un mètre de terrain
où les obus de tous calibres, les balles des fusils,
des mitrailleuses ou des grenades à main,
des bombes, des minenwerfers,
le jour, la nuit ainsi que les obus suffocants,
asphyxiants,

ne soient tombés
à la volée.

Il n'y a pas
parmi ces grands vallons
et ces immenses plaines,
dans un seul repli de terrain,
dans un seul bois
un espace assez grand
pour qu'un homme étendu y tienne,
où un guerrier ne soit tombé,
la face à terre,
la face au ciel,
sur le côté
et qui ne s'est jamais,
jamais plus relevé.

Je me souviens de mes plaisirs, de Paris,
d'un café,
des refrains de tango obsèdent mes esprits.

François Bernouard (1884-1949)

Sur un ennemi mort

Au détour de ce boyau
sous mes pieds comme une boule
quelque chose inégalement
roule.

Je regarde, involontairement :
C'est le crâne d'un ennemi
qui depuis des mois se pourrit,
qu'un obus vient de déterrer
et qui vient de rouler
avec un son creux
à mes pieds.

Des plaques de chair et de cheveux
tiennent après les os.

Mes mains, tout à coup, sont gênées,
de respirer cette atmosphère,
ma langue en vain cherche sa place.

N'espérez rien
vous êtes seule,
oubliez ses paroles,
ne tournez plus vos yeux vers cette place
ni cette glace
ah ! pauvre mère…

François Bernouard (1884-1949)

L'Amant

Malgré que le froid ait gagné tout son corps
il sent mauvais, le pauvre hère :
là, en un tas mort.

Il sortait des feuillées
quand il fut tué
et là il est tombé,

Les genoux comme du fer pliés,
les pieds tordus sous son derrière,
les mains crispées au vide du boyau,
quelques poils blonds
sortent par sa braguette ouverte,
son ventre est gonflé ;
son pantalon, trop étroit maintenant, serre
son extrémité déjà verte
contre sa peau.

Et vous là-bas que l'amour tourmente
ah ! pauvre amante…

François Bernouard (1884-1949)

La Relève

Parmi ces nombreux vaux,
ces vallons, ces plaines, ces champs
il y a plus de cent mille boyaux
de cheminement
coupant d'anciennes tranchées
abandonnées.

Nous marchons
pendant des heures dans le noir
sans trouver un pan de mur,
un arbre, un brin d'herbe.

Les vergers, les boqueteaux, les bois,
les forêts millénaires,
sont fauchées.

Des milliers, des milliers de masures,
de granges, de chaumières, de maisons,
d'églises, de châteaux,
ainsi que des centaines
de bourgs, de villages, de hameaux
ont disparu
pilonnés,
nivelés.

À la lueur des fusées
le sol
est noir, cabossé, troué,
calciné.

Pour avancer,
trouver nos positions,
rien ne peut nous guider
que la boussole.

Les tirs de barrage se font
par dix sections
de vingt canons
de maintes dimensions
tout le long
de cet interminable front,
des deux côtés.

Des milliers de fusées
blanches, vertes, rouges,
trouent le ciel noir,
des deux côtés.

Nous avançons
près de la zone de la mort,
nos pieds sentent un sol mou,
chacun comprend
que l'on marche sur des cadavres
depuis longtemps,
longtemps…

Nous atteignons
une immense crête,
dans le noir, les explosions
d'obus de tous poids
fusent au-dessus de nos têtes
à la fois,
les percutant
entrent sous la terre
qu'ils font voler en l'air
avec du fer,
fauchant tout sur plusieurs mètres.

Nous arrivons
et ne trouvons aucun guerrier
nous cherchons, nous appelons,
personne ne répond.

Dans chaque trou d'obus,
les hommes sont étendus,
recroquevillés
morts.

Dans un bout de tranchée,
une pointe de baïonnette sort,
puis une vingtaine d'autres,
les soldats
là, furent enterrés vivants.

On jette tous les corps,
des troncs, des jambes, des bras,
dans le ravin,

il faut finir avant l'aurore
qui vient.

Sous le tonnerre des explosions
ainsi, rapidement, nous faisons
la relève des morts.

François Bernouard (1884-1949)

Douaumont

Ils vécurent
pendant six jours sous un soleil brûlant
et sept nuits,
transis,
sans ravitaillement,
sous un déluge d'obus de tous poids
crissant, grinçant, miaulant, ahanant,
fusant dans l'air, éclatant sur terre
ou sous terre,
le jour, la nuit,
à tous moments.

Des hommes ont vieilli
de dix ans
en un instant,
des bruns sont devenus blancs
en une nuit.

Aucun oiseau ne peut survoler
ces contrées ;
seules,
des millions et des millions de mouches
de toutes formes et de toutes couleurs,
de toutes grosseurs,
volètent de cadavre en cadavre,

bruissant
comme au printemps
un vent léger sur les bourgeons naissant.

Chacun, depuis qu'ils tenaient là,
désespéré, attendait la relève ;
plus de soixante pour cent ne la reverront pas.

On passe la consigne aux nouveaux arrivants,
imprécise, rapidement,
avant que l'aurore se lève.

Leurs vêtements sentent la mort,
le goût de la mort est sur leurs lèvres,
dans leurs bouche, dans leur salive,
après leurs dents.

Maintenant
chacun se sauve, sans ordre,
se retournant
souvent,
craignant de voir,
là-haut, dans les cieux noirs,
deux fusées rouge-orange
qui déclenchent
les tirs de barrage,
et d'y rester
alors qu'ils se croyaient sauvés.

Leurs yeux sont remplis de cadavres,
morceaux de nègres, d'Allemands,
et de Français,

décomposés,
entremêlés,
entassés,
puants,
sur des milliers et des milliers d'arpents.

Hâves,
sans force et fiévreux,
ils marchent sur des monceaux de corps
morts
ou mourants
qui crient,
supplient,
prient.

L'esprit, le corps meurtris,
la plante des pieds malade
de marcher sur tant de cadavres.

Eux
s'enfuient
sous l'aube admirable d'août,
plus loin, là-bas,
n'importe où,
vers la vie.

François Bernouard (1884-1949)

Cauchemar

Dans cette vaste grange noire,
transformée en dortoir,
un homme parle en rêvant,
il revit les jours précédents,
il se lève et debout s'écrie :

« À vos pièces, les voilà ! »
Cette hallucination se répand,
d'autres voix répondent :

« Des munitions, tirez, feu,
aux armes, tirez, tirez, feu, feu ! »

Tous les hommes en dormant,
se lèvent et se jettent les uns sur les autres
comme des déments.

Franchise militaire, Paris, Fasquelle, 1936.

Maurice Bouignol (1891-1918)

Souvenirs

Le canon crache ; sa joie
Éclate et chante ; l'air pur
Est une moisson de soie
Que déchire un soc d'azur.

Et je songe à tes paupières,
Je songe à tes clairs regards ;
Je songe aux ténèbres chères
Où nos baisers sont épars.

Que tes lèvres m'étaient bonnes !
Que tes bras m'étreignaient bien !
La fusillade résonne,
Tandis que je me souviens.

Les tendresses et les gloires,
Aujourd'hui tout est mêlé.
Je vois flotter la victoire
Parmi tes cheveux ailés.

L'air est plein de ton image ;
Je sens autour de mon corps
La tiédeur de ton corsage
Comme une cuirasse d'or.

Dans la guerre, jeu sublime
Où tout homme est un enfant,
Mes jours et mes nuits s'animent
De souvenirs triomphants.

Je te parle, je te guette,
Je te surprends en chemin ;
Je sens le poids de ta tête
Vivre et mourir dans mes mains.

Et je m'abîme en ces rêves...
Cependant le firmament
Où l'obus croise sans trêve
Se remplit de diamants.

Et je referme mon être
Sur tes deux seins entrevus,
Et j'écoute, songeur, naître
Derrière tes grands yeux nus,

Sans ton regard, où se noie
Un vague orage lointain,
Ces profonds sanglots de joie
Que t'arrache ton destin.

Août 1915

Maurice Bouignol (1891-1918)

L'Ivresse du combat

C'est sur ce sol, jonché de débris héroïques,
Qu'il marche, contemplant, comme un masque tragique,
Les champs saignants, visage auguste du Devoir.
Instinctif, il subit leur étranger pouvoir.
L'âcre odeur du combat l'environne et le charme.

Lui, grandi dans la paix et loin du bruit des armes,
Ignorant du fracas des déclamations,
En qui l'amour du sol, unique passion,
Instinct muet jailli des profondeurs de l'être,
S'enracinait au cœur comme au tuf les grands hêtres ;
Lui, le simple, celui qui n'a jamais douté
Du clair devoir pour qui ses pères ont lutté
Sur les sillons ouverts depuis les premiers âges ;
Celui qui se taisait dans son petit village,
Âpre au gain, dédaigneux des rêves triomphaux,
Ne voyant même pas aux lueurs de la faux
Briller le fraternel éclat des larges glaives ;
Lui, solide et pesant parmi le flot des rêves,
Loin des clameurs de guerre et de fraternité
Ancré dans le silence et la simplicité ;
Lui qui, dans l'ignorance où son pas lourd chemine,
Ne savait même pas le nom de Salamine ;
Âme tranquille ainsi qu'un rocher de granit,

Regardant sans trembler les Destins infinis,
Pour les seuls coups de sang du désir violente;
Bien différents de ceux que le doute tourmente,
Et qui, meurtris, brisés d'avoir trop combattu,
Ont besoin, pour gravir les cieux des vertus,
Inégaux à l'effort des silences stoïques,
De l'exaltation des souffles héroïques,
Lui, maintenant, saisi par un altier frisson,
Il bondit, et son pas a l'air d'une chanson,
D'un hymne, d'une strophe enflammée et guerrière,
D'un chant victorieux jailli dans la lumière,
D'une danse, et, parmi les obus bruissants,
Enivré par la Mort comme d'un vin puissant,
Arraché d'un seul coup à la chair hésitante,
Il marche, le front haut, les narines battantes.

Sans gestes. Poèmes héroïques, Paris, Fasquelle, 1918.

Jean-Pierre Calloc'h (1888-1917)

La Veillée dans les tranchées

Prière du guetteur

Les ténèbres pesantes s'épaissirent autour de moi,
Sur l'étendue de la plaine la couleur de la nuit s'épandait,
Et j'entendis une voix qui priait sur la tranchée,
Ô la prière du soldat, quand tombe la lumière du jour !

Le soleil malade des cieux d'hiver, voici qu'il s'est couché,
Les cloches de l'Angélus ont sonné dans la Bretagne,
Les foyers sont éteints et les étoiles luisent,
Mettez un cœur fort, ô mon Dieu, dans ma poitrine.

Je me recommande à Vous et à votre Mère Marie,
Défendez-moi, mon Dieu, des épouvantes de la nuit,
Car ma tâche est grande et lourde ma chaîne,
Devant le front de la France, mon tour est venu de veiller

Oui, ma chaîne est lourde. Autour de moi demeure,
L'armée. Elle dort. Je suis l'œil de l'armée.
C'est une rude charge, vous le savez. Eh bien !
Soyez avec moi et mon souci sera léger comme la plume.

Je suis le matelot, au bossoir, le guetteur,
Qui va, vient, qui voit tout, qui entend tout. La France
M'a appelé, ce soir, pour défendre son honneur,
Elle m'a commandé de continuer sa vengeance.

Je suis le grand Veilleur debout sur la tranchée,
Je sais ce que je suis et je sais ce que je fais,
L'âme de l'Occident, sa terre, ses filles, ses fleurs,
C'est toute la beauté du monde que je garde cette nuit.

J'en paierai cher la gloire, peut-être. Et qu'importe ?
Les noms des immolés, la terre d'Armor les gardera :
Je suis une étoile claire qui brille au front de la France,
Je suis le grand Guetteur debout pour son pays.

Dors, ô patrie, dors en paix. Je veillerai pour toi,
Et si vient à s'enfler la mer germaine,
Nous sommes frères des rocs qui défendent le rivage de Bretagne douce.
Dors, ô France, tu ne seras pas submergée encore cette fois.

Pour être ici, j'ai abandonné ma maison, mes parents,
Plus haut est le devoir auquel je me suis attaché,
Ni fils, ni frère ! Je suis le Guetteur sombre et muet,
Aux frontières de l'Est, je suis le rocher breton.

Pourtant plus d'une fois il m'advient de soupirer,
Comment sont-ils ? Hélas ! ils sont pauvres, malades peut-être !
Mon Dieu, ayez pitié de la maison qui est la mienne,
Car je n'ai rien au monde que ceux qui pleurent là.

Maintenant dors, ô ma patrie ; ma main est sur mon glaive ;
Je connais le métier, je suis homme, je suis fort ;
Le morceau de France, sous ma garde, jamais ils ne l'auront,
Que suis-je devant Vous, mon Dieu, sinon un ver ?

Quand je saute le parapet, une hache à la main,
Mes gars disent peut-être : en avant, celui-là, est un homme,
Et ils viennent avec moi dans la boue, dans le feu, dans la fournaise,
Mais Vous, Vous savez bien que je ne suis qu'un pécheur.

Vous, Vous savez assez combien faible est mon âme,
Combien desséché mon cœur, combien misérables mes désirs,
Trop souvent, Vous me voyez, ô Père qui êtes aux cieux,
Suivre des chemins qui ne sont pas Vos chemins.

C'est pourquoi, quand la nuit répand ses terreurs par le monde,
Dans les cavernes des tranchées, lorsque dorment mes frères

Ayez pitié de moi, et écoutez ma demande,
Venez, et la nuit pour moi sera pleine de clartés.

Mon Dieu, protégez-moi contre mes péchés anciens,
Brûlez-moi, brûlez-moi dans le feu de Votre amour,
Et mon âme brillera la nuit, comme un cierge,
Et je serai pareil aux archanges de Vos cohortes.

Mon Dieu, mon Dieu, je suis le veilleur tout seul,
Ma patrie compte sur moi et je ne suis qu'argile,
Accordez-moi ce soir la force que je demande,
Je m'en remets à Vous et à Votre Mère Marie !

Poème publié dans Dr Léon Palaux, *Un barde breton. Jean-Pierre Calloc'h – Bleimor – Sa vie et ses œuvre inédites, 1888-1917*, Quimper, Librairie Le Goaziou, 1926.

Blaise Cendrars (1887-1961)

La Guerre au Luxembourg

Une deux une deux
Et tout ira bien...
Ils chantaient
Un blessé battait la mesure avec sa béquille
Sous le bandeau son œil
Le sourire du Luxembourg
Et les fumées des usines de munitions
Au-dessus des frondaisons d'or
Pâle automne fin d'été
On ne peut rien oublier
Il n'y a que les petits enfants qui jouent à la guerre
La Somme Verdun
Mon grand frère est aux Dardanelles
Comme c'est beau
Un fusil   MOI !
Cris voix flutées
Cris   MOI !
Les mains se tendent
Je ressemble à papa
On a aussi des canons
Une fillette fait le cycliste   MOI !
Un dada caracole
Dans le bassin les flottilles s'entrecroisent
Le méridien de Paris est dans le jet d'eau
On part à l'assaut du garde qui seul a un sabre authentique

Et on le tue à force de rire
Sur les palmiers encaissés le soleil pend
Médaille Militaire
On applaudit le dirigeable qui passe du côté de la Tour Eiffel
Puis on relève les morts
Tout le monde veut en être
Ou tout au moins blessé   ROUGE
Coupe coupe
Coupe le bras coupe la tête   BLANC
On donne tout
Croix-Rouge   BLEU
Les infirmières ont 6 ans
Leur cœur est plein d'émotion
On enlève les yeux aux poupées pour réparer les aveugles
J'y vois ! j'y vois !
Ceux qui faisaient les Boches sont maintenant brancardiers
Et ceux qui faisaient les morts ressuscitent pour assister à la merveilleuse opération
[…]

Blaise Cendrars (1887-1961)

Le Jour de la victoire

À Paris
Le jour de la Victoire quand les soldats reviendront tout le monde voudra les voir
Le soleil ouvrira de bonne heure comme un marchand de nougat un jour de fête
Il fera printemps au Bois de Boulogne ou du côté de Meudon
Toutes les automobiles seront parfumées et les pauvres chevaux mangeront des fleurs
Aux fenêtres les petites orphelines de la guerre auront toutes de belles robes patriotiques
Sur les marronniers des boulevards les photographes à califourchon braqueront leur œil à déclic
On fera cercle autour de l'opérateur de cinéma qui mieux qu'un mangeur de serpent engloutira le cortège historique
Dans l'après-midi
Les blessés accrocheront leurs Médailles à l'Arc-de-Triomphe et rentreront à la maison sans boiter
Puis
Le soir
La place de l'Étoile montera au ciel
Le Dôme des Invalides chantera sur Paris comme une immense cloche d'or

Et les mille voix des journaux acclameront la Marseillaise
Femme de France

Paris, octobre 1916.

La Guerre au Luxembourg, Paris, D. Niestlé, 1916.

Louis Chadourne (1890-1925)

Commémoration d'un mort de printemps

Sous le ciel buté,
la forêt est bondée de vieux crimes,
et la terre se boursoufle d'odeur,
luisant d'horrible graisse.

Avilis,
en longues files grises,
Nous attendons —
ployées les nuques sous le soir !

Ô soirs des jours anciens, soirs de la bonne terre, lorsque nous revenions,
— enfances —

Sur une fraîcheur creuse et bleue fermant les paumes,
Balançant nos bras gourds et nous mêlant à la nuit.

Vous vous souvenez du temps où vous faniez ;
je me souviens de mes livres et de mes tempes chaudes,
et du royaume d'or où fleurissait la lampe,
qu'épouse un anneau d'ombre.

Qui donc ne se souvient d'un soir ?
Les buis — si hauts — étouffent lentement le ciel vert ;
un pas — il suffit, — auprès de la maison d'école.

D'humbles choses lourdes de toute la vie :
Peut-être la corde du puits qui grince,
ou l'odeur d'un pauvre capuchon mouillé par tel
Automne —

Ployées, ployées les nuques sous le soir —

Qui donc ne se souvient
— ô fraternels —
d'un arbre, d'une maison ou d'une enfance ?

Pourtant,
Nous sommes là,
Ayant l'ordre de tuer.

Ô Nuit,
première nuit après la bataille.
Je me suis couché sur la terre,
mâchant de la terre,
et tout fumant d'une ivresse mauvaise.
Des arbres nus maudissaient.

Ils dorment,
au creux des bois, au flanc des collines,
sous les vagues épaisses de la nuit.

Ils dorment,
repus de la même fatigue et saouls de la même fumée,
et la mer profonde des souvenirs les roule dans les
mêmes plis.

On a incendié les granges ; une cathédrale ouvre ses entrailles d'or ;
l'ardeur des gerbes écartèle l'ombre.

Ils dorment ;
leurs corps, pesants de ténèbre et de peine, ont épousé la terre,
hantés des mêmes songes.

Le bûcher souffle rouge dans l'abîme, fuse vers les astres avec ses bras de soufre,
et croule —
des flaques d'or sur nos haines prostrées — puis l'ombre...

Toute la nuit,
au cœur profond, au cœur glacé de l'Étendue,
des étoiles se consumèrent,
des étoiles pour nous — pour les autres.

Des étoiles,
sur toi, ô mon ami, mon frère.

et sur mille et mille visages vidés de fureur,
sur mille et mille corps qui se défont
dans la terre bondée de silences gris ;

Sur les lisières hâves des bois, et sur les forêts de cadavres,
Sur les ossuaires craquelés des plaines, vers la mer.

[...]

Accords suivis d'autres poèmes, Paris, Gallimard, 1929.

Georges Chennevière (1884-1927)

De profundis

Du fond des trous qui sentaient l'urine et la boue,
Où la lueur qui vient de l'âme était si frêle
Qu'elle semblait s'éteindre en passant les prunelles ;
Du fond des trous où chaque jour, comme un paveur,
Enfonçait plus avant nos têtes dans le sol ;
Près d'un gouffre béant qu'elle a presque repu,
Notre cri de détresse est monté jusqu'à vous,
Mais vous mangiez de notre gloire à pleine bouche,
Et vous n'avez pas répondu.

Pendant des ans, ce cri est monté sans reflux
De l'orient, du nord, de l'ouest et du midi,
De partout où vous nous permettiez de mourir ;
Pendant des ans ce cri est monté sans arrêt,
Comme si tous les morts ensemble n'avaient rien fait
Qu'une seule victime acharnée à survivre ;
Pendant des ans, des mois et des jours, que la terre,
La jeunesse et l'amour ont loin de nous fêtés,
Vous l'avez entendu, ce long cri de misère,
Mais vous n'avez point écouté.

Oh ! la souffrance dans nos bras, comme un enfant,
Un enfant qu'on berçait, et qu'on voyait grandir,
Notre souffrance à nous, les hommes, notre fille,
Qui s'écorchait les doigts à vos portes fermées,

La voici maintenant, belle, grave, et sans larmes,
Et n'attendant de vous ni votre pitié
Qui serait à sa gloire une dernière injure,
Ni votre repentir qui vous ferait trop vils,
Mais un simple regard en face, qui mesure
L'énormité de votre crime.

Poèmes, 1911-1918, Paris, La Maison des Amis des livres, 1920.

Paul Claudel (1868-1955)

Tant que vous voudrez, mon général !

Dix fois qu'on attaque là-dedans, « avec résultat purement local ».
Il faut y aller une fois de plus ? Tant que vous voudrez, mon général !

Une cigarette d'abord. Un coup de vin, qu'il est bon !
Allons, mon vieux, à la tienne !
Y en a trop sur leurs jambes encore dans le trois cent soixante-dix-septième.

À la tienne, vieux frère ! Qu'est-ce que tu étais dans le civil, en ce temps drôle où ç' qu'on était vivants ?
Coiffeur ? Moi, mon père est banquier et je crois bien qu'il s'appelait Legrand.

Boucher, marchand de fromages, curé, cultivateur, avocat, colporteur, coupeur de cuir,
Y a de tout dans la tranchée et ceux d'en face, ils vont voir ce qu'il va en sortir !

Tous frères comme des enfants tout nus, tous pareils comme des pommes.
C'est dans le civil qu'on était différents, dans le rang il n'y a plus que des *hommes* !

Plus de père ni de mère, plus d'âge, plus que le grade et que le numéro,
Plus rien que le camarade qui sait ce qu'il a à faire avec moi, pas trop tard et pas trop tôt.

Plus rien derrière moi que le deuxième échelon, avec moi que le travail à faire,
Plus rien devant moi que ma livraison à opérer dans l'assourdissement et le tonnerre !

Livraison de mon corps et de mon sang, livraison de mon âme à Dieu,
Livraison aux messieurs d'en face de cette chose dans ma main qui est pour eux !

(Tant qu'il y aura quelqu'un dans ma peau, tant qu'il y aura un cran à faire à sa ceinture,
Tant qu'il y aura le type en face qui me regarde dans la figure !)

Si la bombe fait de l'ouvrage, qu'est-ce que c'est qu'une âme humaine qui va sauter !
La baïonnette ? cette espèce de langue de fer qui me tire est plus droite et plus altérée !

Y a de tout dans la tranchée, attention au chef quand il va lever son fusil !
Et ce qui va sortir, c'est la France, terrible comme le Saint-Esprit !

Tant qu'il y aura ceux d'en face pour tenir ce qui est à nous sous la semelle de leurs bottes,

Tant qu'il y aura cette injustice, tant qu'il y aura cette force contre la justice qui est la plus forte,

Tant qu'il y aura quelqu'un qui n'accepte pas, tant qu'il y aura cette face vers la justice qui appelle,
Tant qu'il y aura un Français avec un éclat de rire pour croire dans les choses éternelles,

Tant qu'il y aura son avenir à plaquer sur la table, tant qu'il y aura sa vie à donner,
Sa vie et celle de tous les siens à donner, ma femme et mes petits-enfants avec moi pour les donner,

Tant que pour arrêter un homme vivant il n'y aura que le feu et le fer,
Tant qu'il y aura de la viande vivante de Français pour marcher à travers vos sacrés fils de fer,

Tant qu'il y aura un enfant de femme pour marcher à travers votre science et votre chimie,
Tant que l'honneur de la France avec nous luit plus clair que le soleil en plein midi,

Tant qu'il y aura ce grand pays derrière nous qui écoute et qui prie et qui fait silence,
Tant que notre vocation éternelle sera de vous marcher sur la panse,

Tant que vous voudrez, jusqu'à la gauche ! tant qu'il y en aura un seul ! Tant qu'il y en aura un de vivant, les vivants et les morts tous à la fois !
Tant que vous voudrez, mon général ! Ô France, tant que tu voudras !

PAUL CLAUDEL (1868-1955)

Derrière eux

> « On se réunira derrière eux. »
> Le curé d'Ars

Le sang injustement répandu est long à pénétrer dans la terre.
C'est la rosée des cieux innocente qui est pour elle et la large pluie salutaire
Qui ressort en moissons plantureuses, fourrage et blé, orgueil de l'Hesbaye et du Brabant.
Plus douce encore à ses veines toutefois quand il vient s'y mêler, s'il faut du sang,
L'âme rouge dans elle de ses fils et la libation comme du lait et comme du vin
Du soldat qui pour la défendre est tombé, les armes à la main !
Solennelle donation, définitif amour dans le labour et dans l'éteule,
Glaise réhumectée de l'antique Adam par quoi la terre et l'homme redeviennent comme un seul !
Mais cette conscription et le marquage à la craie comme des bêtes, pour la mort, des enfants, des femmes et des vieillards,
Cet entassement pêle-mêle dans un coin, et tout à coup écumeuse, et toute chaude encore de vie, et fumante par tous les échenaux de l'abattoir,

Comme la grappe sous le madrier, cette sortie impétueuse de sang noir,
Cette vendange affreuse dont on la barbouille et qu'on lui fait boire de force,
Sont des choses dont la terre a horreur, et une œuvre au rebours d'elle-même, et l'amorce
De cette coupe lentement dans son cœur qui remonte vers vous, meurtriers, plus profonde et plus large que votre soif !
Vous qui l'avez ensemencée, oubliez-vous qu'elle conçoit ?
Comme il faut la macération de tout l'hiver et la pensée de trois saisons
Pour que le grain longuement médité germe et pousse et s'atteste épi, promesse d'une centuple moisson,
Tel, et plus vous avez enseveli la semence et plus vous l'avez piétinée,
L'incoercible fruit qui sort du ventre des assassinés !
Roule, fusillade, jour et nuit ! feu de vos pièces toutes à la fois ! tonnez, canons allemands !
Que le coup du mortier de quatre cent vingt vers le ciel dans une montagne noire de fumée se décharge comme un volcan !
À travers le continuel assaut et la continuelle résistance,
Troupes marquées pour ne plus revenir, vous n'arriverez pas à détruire le silence,
Vous n'arriverez pas à remplacer dans vos cœurs cette voix à jamais qui s'est tue,
La bouche sans pardon de ceux que vous avez tués et qui ne parleront plus !
Retranche-toi, peuple assiégé ! étends tes impassables réseaux de fil de fer !

Fossoyeurs de vos propres bataillons, sans relâche faites votre fosse dans la terre !

Ce qui tape jour et nuit dans vos rangs, ce qui sonne joyeusement en face n'est pas tout !

Il y a une grande armée sans aucun bruit qui se rassemble derrière vous !

Depuis Louvain jusqu'à Rethel, depuis Termonde jusques à Nomeny,

Il y a de la terre mal tassée qui s'agite et une grande tache noire qui s'élargit !

Il y a une frontière derrière vous qui se referme plus infranchissable que le Rhin !

Écoute, peuple qui es parmi les autres peuples comme Caïn !

Entends les morts dans ton dos qui revivent, et dans la nuit derrière toi pleine de Dieu,

Le souffle de la résurrection qui passe sur ton crime populeux !

Peuple de sauterelles mangeur d'hommes, le temps vient que tu seras forcé de reculer !

Le vestige que tu as fait dans le sang, pas à pas le temps vient que tu vas y repasser !

Viens avec nous, peuple casqué. Il y a trop de choses entre toi et nous à jamais pour nous en dessaisir !

Nous te tenons donc à la fin, objet de notre long désir !

Voici le fleuve sans gué de la Justice, voici les bras des innocents autour de toi inextricables comme des ronces !

Ressens la terre sous tes pieds pleine de morts qui est molle et qui enfonce !

Juin 1915

Paul Claudel (1868-1955)

La Grande Attente

De quoi est fait le pain que nous mangerons cette année ? de quoi la grappe sous la feuille mal sulfatée qu'Octobre va nous apporter ?
De quoi ces fruits qui s'alourdissent à la branche ?
De quoi plient ces branches accablées sous un faix chaque jour plus lourd ?
Dites de quoi ces fleurs qui déjà ne sont plus et ce lys si court
        Embaumèrent notre sombre Dimanche !

Le mari qui est parti, le maître qui n'est plus là, le père ne reviendra pas.
        Ces fruits sont faits de leur absence.
Ce que goûtent ces fruits si beaux, ce que sentent ces fleurs, c'est la mort !
C'est en eux que ces champs labourés sans eux et sans eux moissonnés à grand effort
        Préparent une nouvelle semence.

[…]

Plus lourd qu'une gerbe de blé l'homme tombé que son camarade rapporte entre les fils de fer,
        Plus lourdes qu'un char surchargé
Ces craquantes prolonges dans la nuit par files qui nous reviennent de la Woëvre et de l'Yser,

Plus large qu'aucun silo la place qu'il nous faut faire
    Aux dépouilles d'une seule journée !

Plus lourd que le Ciel et la Terre, plus pesant dans les plateaux de la Justice,
L'homme qui a posé sa vie pour ceux qu'il aime !
Plus lourd que de l'or à la banque, le poids plein sans manque et sans artifice,
Car quoi que l'amour et le devoir exigent, il n'est pas de plus grand sacrifice
    Que de s'être donné soi-même.

« Quoique la France exige de nous, qui a le droit d'exiger tout,
    Il n'est prix que nous n'ayons payé,
Voici pour vous le pain et la paix, pour vous la vie et pour nous la mort :
À cause de ce grand peuple derrière nous qui ne nous connaît pas, de cette foule derrière nous qui dort,
    La mort que nous avons préférée !

La mort qui est dure pour nous aussi et dont nous aurions su comme vous nous passer,
    La fin qui est tellement injuste à notre âge !
La valeur de ce grand héritage pour vous dont nous sommes débarrassés,
Nous y avons engagé notre vie, pensez-y et si ce n'était pas assez,
    Du moins nous ne pouvions faire davantage.

[...]

La lutte et la prière sur place depuis un an, l'agonie sur place depuis un an, et Dieu depuis un an qui n'a fait aucun mouvement,
  La tuerie sur la même ligne jour et nuit,
L'herbe verte qui devenue le grain point d'autre espérance pour demain que cette poignée de froment,
Point d'autre prise sur Dieu que ces corps entre nos mains comme de l'or de nos pères et de nos enfants,
  Silencieux comme Lui.

[…]

Si nos frères n'étaient pas morts, comment aurions-nous su ce qu'il y avait dans notre cœur,
Comment ces eaux auraient-elles jailli ?
Comment aurions-nous fait cette trouvaille en nous, ce point vital que nous appelons la douleur,
La vérité enfin au fond de nous, ces amères eaux en nous pour tout purifier qui ne sont point seulement des pleurs,
  Mais la source même de la vie !

Si nos frères n'avaient pas été fauchés, comment aurions-nous fait pour être jamais aussi seuls ?
  Rien que notre regard n'embrasse !
La plaine rase à perte de vue tout est fini et çà et là un troupeau de moutons dans les éteules !
Si la moisson tout entière n'avait pas été fauchée et mise en meules,
  Comment Dieu tiendrait-il tant de place ?

Ce n'est plus seulement au-dessus des champs maintenant que le ciel en triomphe avec tous ses peuples est déployé !

    Les villes aussi chaque soir,
Comme une ouvrière économe, comme une veuve qui baisse sa lampe pour prier,
Voient par bouts entre les maisons quelque chose de nouveau là-haut, ces lumières fidèlement là-haut avec lesquelles il fait si bon de pleurer et de veiller,

    Quand tout, où nous sommes, est noir.

Fini le tintamarre des réclames lumineuses et la pétarade commerciale qui nous poursuit jusqu'au fond des parcs !
Fini, le coup de poing dans les yeux d'affreux théâtres qui s'allument et la morne fascination des lampes à arc !

    Fini, les coupoles et les cylindres
Des halls à expositions d'où un feu pourpre ou vert s'irradie et la boue même sous nos pieds qui luit comme de l'or et de l'acajou !
Seules brillent éternellement au-dessus de nos petites lampes laïques au ras du sol surmontées de chastes abat-jour,

    Ces étoiles qu'on voudrait éteindre.

Paris séparé par le milieu dans la nuit comme une chose ouverte, préparée à ce fleuve qui lui arrive,
Un port sans anneaux à ses murs pour le commerce,
Paris depuis un an dans le serrement de cœur et dans la pénitence de Ninive,

Une ville derrière ses longs monuments qui retient son souffle et qu'on dirait attentive
  À ces eaux uniquement qui la traversent.

[…]

Août 1915

Poèmes et paroles durant la guerre de trente ans, Paris, Gallimard, 1945.

Jean Cocteau (1889-1963)

Tour du secteur calme

[…]

Ma pipe éteinte. Les 75,
réveillés,
débouchent du champagne.

Je suis le lièvre des battues riches.
L'obus s'engouffre avec un bruit
de wagon-restaurant
sous des tunnels d'échos. Mais c'est Dimanche !

Le tir couronne l'avion de séraphins.
Il rentre manqué
sur les lignes.

La mitrailleuse
haut, c'est l'oiseau
qui rit sur une seule note morte
avec un gosier d'os. Dimanche, pouce !
On devrait s'arrêter le dimanche.

Voici les retardataires
Il y en a qui rejoignent
et qui demandent le chemin
des tranchées, comme d'une auberge.

Pauvres bonhommes ! vos grosses jambes,
vos grosses moustaches,
vos gros bâtons.

Jean Cocteau (1889-1963)

Délivrance des âmes

Au segment de l'Éclusette
On meurt à merveille.
On allait prendre l'air dehors ;
On fumait sa pipe ; on est mort.

C'est simple. Ainsi, dans les rêves,
On voit une personne en devenir une autre,
Sans le moindre étonnement.

La mort saute, lourde écuyère,
Qui vous traverse comme un cerceau.
Car ici les balles perdues
Sont oiselets d'un arbrisseau
En fil de fer.

Ce bocage barbelé
Endort mieux que vous pommes bleues,
Vergers du chloroforme.

L'oiseau qui change de cage,
Jamais sa plainte n'informe ;
Car l'oiseau dont le chant tue
Traverse un autre chemin.

La mort fait une statue
Sans regard et d'ombre ailée,
Refroidie en un tour de main.

Comme le nez du lièvre bouge,
Bouge la vie, et, tout à coup
Ne bouge plus. Un sang rouge
Coule du nez sur le cou.

J'en ai perdu des camarades !
Mais Jean Stolz le plus spécial.
Un vrai mort est d'abord malade…

Je ne l'avais pas vu, je crois,
Depuis qu'il jouait à la guerre,
Et moi je jouais au cheval.

Mon dernier souvenir de Stolz
Est en zouave de panoplie.

Je lis son nom sur une croix.
Et, d'après ce nom que je lis,
Je vois l'enfant de naguère
Déguisé dans une tombe.

L'Éclusette est un bon endroit
Pour s'embusquer de guerre lasse.
On n'y manque jamais le tour
Qui met l'endroit à l'envers.

Ce tour on a beau le connaître,
Il est tellement réussi
Qu'on n'y voit que du feu.

Ennemi, tu es un habile
Escamoteur. Ton revolver,
Vous délivre, colombes.

Jean Cocteau (1889-1963)

La Douche

L'usine à faire les morts
Avait son service d'hygiène.
Tous les jours deux cents condamnés
Vont à la douche.

Deux cents bestiaux tout nus,
Sauf le bracelet matricule.

Ils se débattent presque tous,
Tellement ils ont peur de l'eau.
Ils veulent garder leur chemise.
Mais les fusiliers marins
Savent la valeur de l'eau douce
Qu'on respecte comme une vierge
Sur les voiliers.

On met les capotes, les casques,
À bouillir dans une étuve.
Les casques, on dirait des moules.
La chaleur charme les poux.
Serre chaude. La buée
Cache une drôle de floraison.
Camélias, fumier qu'on force
À fleurir toutes les saisons.

Pauvre chair en fleur, jeunes arbres
Enracinés dans la boue,
Vous attendez, toujours debout,
Une promesse de faux marbre.

Tous les rires sont en patois :
Mais, ah ! je reconnais un geste...
Ce voyou se frottant le bras,
Ce cycliste, Paris, c'est toi.

Le tour des nègres est un drame.
Ils refusent de se montrer nus.
Ils résistent de toutes leurs forces.
À moitié morts à l'ambulance,
Chargés d'amulettes, d'écorces,
De coquillages inconnus,
De désespoir, de silence,
Ils pensaient à cacher leur sexe.

Les nègres sont Antinoüs
Vu dans un miroir convexe.
Malades, ils deviennent mauves.
Ils toussent. Hélas ! où sont-elles
Vos îles ? et vos crocodiles
Où sont-ils ?
Nègres, nous avons le cœur dur.
Chez nous on n'aime que l'ennui.
Votre corps, votre âme sont purs,
Comme du corail dans la nuit.

Les zouaves, après la douche,
Se font farces de collège.
Ils se parlent du bout du monde,
En enroulant leur ceinture.

Maintenant, c'est la chéchia.

Au 4ᵉ zouave de marche,
On l'entre sur l'oreille droite.
Elle est basse sur la nuque
Une frange de cheveux dépasse.

Au 3ᵉ zouave on la rentre
Par-derrière. L'oreille est libre.

Le 2ᵉ zouave la porte
Ouverte, le gland en arrière.
Elle cache les oreilles.

Au 1ᵉʳ zouave c'est pareil
Mais sans cacher les oreilles.

Discours du grand sommeil, dans *Poésie, 1916-1923.*

René Dalize (1879-1917)

Ballade à tibias rompus

Je suis le pauvre macchabée mal enterré,
Mon crâne lézardé s'effrite en pourriture,
Mon corps éparpillé divague à l'aventure
Et mon pied nu se dresse vers l'azur éthéré.

    Plaignez mon triste sort.
Nul ne dira sur moi : « Paix à ses cendres ! »
    Je suis mort
Dans l'oubli désolé d'un combat de décembre.

    J'ai passé un hiver au chaud,
    Malgré les frimas et la neige :
Un brancardier m'avait peint à la chaux.
Il n'est point d'édredon qui mieux protège.

Un gai matin d'avril, Monsieur Jean-Louis Forain,
Escorté d'un cubiste, m'a camouflé en vert.
    Le vert a tourné à l'airain
    Puis au gris et, dessert,
J'ai moi-même tourné comme une crème à la pistache.
Où donc es-tu, grand Caran d'Ache ?

    Depuis, je gis à l'abandon.
    Le régiment de la relève
M'a ceint de fils de fer, créneaux et bastidons.
Un majestueux rempart autour de moi s'élève.

En dépit du brûlant tropique,
Mon été fut philosophique.
Le nez perdu dans l'agrégat
Emmi le crapaud et le rat,
On s'habitue à tout loin des désirs charnels.
Autour de moi rêvassent de vieux cadavres confraternels.

L'autre semaine, hélas, un gros minenwerfer
    Sans crier gare a chu
Et m'a brisé les reins d'un grand coup de massue.
En vain ai-je imploré Wotan et Lucifer.
Brutalement jeté de mon aimable trou,
Six fois en tourbillons je mesurai l'espace,
Puis retombai, épars, colloïdal et mou,
Parmi la criquembouille et la mélasse.

    Depuis ce temps, le crâne retourné,
De mon œil, mon pauvre œil, mon œil unique,
    – L'autre, un rat me l'a mangé, –
Je subis à nouveau la Tonde mécanique.

        Entre les branches demi-mortes
        D'un grand saule dépareillé,
        J'aperçois la sainte cohorte
        Des astres de la nuit d'été.

Hermann, Dorothée, ô Minna, ô Werther,
    Que maudit le minenwerfer !
    Peu me chaut manquer d'une fesse.
    J'ai du coup perdu la sagesse…
Voici bien le grand œil lumineux étoilé,
Et mon œil rebelle va du mauvais côté.

Je me souviens, ah oui ! je me souviens.
Elle était, ma fiancée, des bords du Rhin…

   – Mon bel et pur amour,
Le grand cygne de neige aux ailes éployées
     Nous emportera quelque jour
Au destin fabuleux que nous avons rêvé.

– C'est la bataille, Fritz, et, puisqu'il faut partir,
Vois la mignonne étoile près la fière Altaïr.
   Promets-moi, chaque soir, pieusement,
De répéter sous son regard fidèle notre serment.

– Cet infiniment petit corpuscule,
Tu me l'avais donné, ô ma tendre Gudule,
   Tu me l'avais donné…
Je sens le vent du sud, ce soir, au creux du nez ;

     Le vent du sud est plein de pestilences
     Idoines à flatter ma carcasse un peu rance.
     Entre les fils de fer, j'ai plus d'un camarade.
     L'odeur des champs fleuris est par trop fade !

Mais le zéphyr, ce soir, perce mes oripeaux,
Court en frissons subtils sous ma défunte peau,
Éveille en mon cœur mon oubliée luxure,
Et rompt les harmonies de ma feue chevelure.

     Il n'est point si gai d'être mort.
     Tout cela manque de confort.
     Si j'avais un bout de ficelle,
     Je sonnerais la sentinelle.

Et puis voici que joue au vent
Le ruban bleu taché de sang
D'une fille que j'ai violée
À Malines, un soir pareil de l'autre été…

Ne te révolte, mon doux cœur !
On n'est pas très poli quand le temps presse.
Tes bras frais alanguis plutôt à mon ivresse
Et cambre tes seins durs au désir du vainqueur.

Elle était blonde,
Elle avait de grands yeux qui suppliaient le monde
Loin de moi !
Aujourd'hui, vieux macchabée vertueux,
Je ne veux plus aimer de mes fiancées aucune
Que celles à l'œil vitreux
Et au sein flou couleur de lune.

Satané vent ! Le coriza m'a pris.
Mes pieds humides vers l'azur éthéré
Se dressent incompris.
Je suis le pauvre Macchabée mal enterré.

Ballade du pauvre macchabée mal enterré, Paris, Bernouard, s.d.

Georges Delaquys (1880-1970)

La Boue

Ô boue, infâme boue, abominable boue,
Tes immondes crachats nous ont plâtré la joue ;
Glaise verdâtre ou fange glauque, nous avons
Chuté sur les méplats luisants de tes savons ;
Nous avons titubé, comme un verrat patauge
Dans sa mangeaille, au fond limoneux de cette auge ;
Tu nous as poursuivis comme une louve et nous,
Nous t'avons disputé des deux mains nos genoux,
Boue, effroyable ogresse aux liquides mamelles !
Nous t'avons retrouvée aux bords de nos gamelles,
Au goulot des bidons, sous l'anse de nos quarts ;
Nous t'avons fait tomber de nous par lourds placards
Jaunâtres, comme un vieux crépi plein de lézardes ;
Nous avons eu ton goût sur nos lèvres blafardes,
Senti la tiédeur louche, entre nos doigts, fondant
Sous nos ongles, dans l'interstice de nos dents,
Par les plis de nos bandes molletières
Et nous avons osé dormir, des nuits entières,
Ô boue, infâme boue, oui nous avons dormi,
Tandis que toussaillait le canon ennemi,
Sur ton ventre aux entrailles flasques déroulées !

De nos robustes ports, de nos vigueurs musclées
Et de notre stature alerte de soldats,
Tu as fait de longs blocs pesants, de mornes tas,

Où plus rien ne permet, hélas, qu'on reconnaisse
Ce qui fut notre mâle orgueil, notre jeunesse,
Notre mouvement libre et nos gestes normaux.
Nous passions, à travers les débris des hameaux,
Ruineux, vert-de-gris des pieds au chef, larvaires,
Pareils à des damnés gravissant des calvaires,
Ou pareils à de vieux cadavres tout moisis
Qu'on aurait affublés de sacs et de fusils,
Mascarade piteuse au ras des choses, comme
Si la fange s'était redressée en bonshommes,
Graves, droits, sans regards ni voix, par les chemins.

Tes mains molles, tes mains, tes infernales mains,
Tes mains mortes, tes mains tragiques et subtiles,
Tes mains sans doigts avec leurs lourdeurs de reptiles,
Tes mains ignoblement caressantes, souvent,
Dans leur viscosité d'être quasi vivant,
Avec leur peau, de sang et de soleil, rougie,
Tes mains de cauchemar, tes mains de léthargie,
Ont retenu, lassé, ralenti, fatigué,
Tout ce qu'il y avait de puissant et de gai
Dans nos emportements vers les victoires claires.
[...]

On criait : « En avant ! », et l'on ne partait pas,
Car l'ennemi n'était pas là-haut, mais en bas.
Ô boue, ignoble boue, inexorable boue !
Nos canons dont tu as découragé les roues
Se taisaient, et nous avions beau, dans notre foi,
Conjurer le soleil, hélas, c'est toujours toi
Qui venais, jamais lui, le gagneur de batailles,
Toujours toi, l'implacable aux visqueuses entrailles ;

[...]

Mais pour ton insondable et gluant appétit,
L'homme tout seul, ô boue, a paru trop petit ;
Il t'a fallu le sol qu'il défendait quand même :
Il t'a fallu le cœur avec tout ce qu'il aime.
[...]

Tu as fait plus, ô boue, et nous ayant, dans l'ombre,
Vêtus de ces aspects fumeux qu'ont les décombres,
Ton œuvre à demi faite et le mal te guidant,
Tu t'es perfidement immiscée en dedans.
Par-dessous notre chair et l'acier de notre âge,
Tu as attaqué l'âme et sali le courage.
Le cœur seul du héros, étant faîte et sommet,
Restait inaccessible à ton flot sombre ; mais...
Nous ne sommes pas tous des héros, pauvres hommes ;
Ou si du moins, parfois, presque tous, nous en sommes
À l'heure où le plus noir des pleutres marcherait,
Après l'ivresse vient le calcul, l'intérêt ;
Chacun tient à sa peau, toute âme a sa mollesse ;
L'un songe à son foyer, au labeur qu'il délaisse,
À son champ, à son patrimoine, à son outil ;
L'autre boude en geignant : « Ma mère ! » ou « mon petit ! »
L'avenir est maussade et la vie est gâchée ;
On rumine sa peine au fond de la tranchée ;
On se tait, on regrette, on grogne, on se souvient...
C'est à ces moments-là, crapule, que tu viens,
Quand les ressorts sont détendus, la foi tombée,
Quand on est là, si loin de la bonne flambée,
Si loin de tout bonheur, si loin de tout plaisir,

Que tu viens tout souiller, ronger, pourrir, moisir,
Et que tu mets en nous, comme la rouille aux armes,
Tous les ennuis, toutes les nuits, toutes les larmes !

Poème publié dans Ernest Prévost et Charles Dornier, *Le Livre épique. Anthologie des poèmes de la Grande Guerre*, Paris, Librairie Chapelot, 1920.

Henry Derieux (1892-1941)

En ces jours déchirants…

Un air de solitude et de paresse heureuse
Berçait les vieux arbres du Bois,
Et les feuilles menaient une ronde oublieuse
Dans l'Allée-des-Acacias…

Une femme parfois passait en robe claire
Tant il faisait tiède et charmant…
Une femme passait dans le bois solitaire
Avec un gamin pour amant.

C'était, s'il vous souvient encor, ce mois d'automne
        Où le soldat déguenillé
Se battait quelque part sur l'Yser, en Argonne…
    — Pourquoi n'ai-je pas oublié ?

Ô terre de France, arrosée
Du sang fécond de tes enfants !…
— Ce soir je vis, fraîche apposée
Une affiche aux tons éclatants.

Là, sur le tréteau d'une estrade,
Bombant la croupe et le mollet,
Une femme fait la parade
Devant tout Paris, s'il vous plaît !

Divette narquoise et mutine,
Œil noir sous des cheveux bouclés,
Elle taquine une badine
Où l'on voit des cœurs enfilés.

La badine en ploie, et la Belle
Sourit gaiement sans daigner voir
— Beau Léandre ou Pierrot fidèle, —
Ceux qu'elle a pris à son miroir...

Ô Paris railleur et farouche,
Ô Paris sublime et câlin ;
Toi qui partis, fleur à la bouche,
Avec un billet pour Berlin ;

Se peut-il qu'au jour où s'immole
La sève ardente de ton sang
Tu ne gardes que cette Idole,
Ô tragique brûleur d'encens ?

Raille... dis-moi que tu t'amuses ;
Mais sais-tu bien, mon beau Péché,
Ce que moi, l'héritier des Muses,
J'ai vu sur tes murs affiché ?

Au lieu même où la baladine
T'aguiche et te montre, ô passant,
Sa chair experte et sa badine
Avec ces cœurs vidés de sang,

— J'ai vu la Guerre, cette Gouge
Qui colle sa lèvre à tes flancs,
Offrir à ton extase rouge
Sa brochette de cœurs sanglants.

Vous que j'ai précédés de si peu dans la vie,
        Jeunes gens de vingt ans,
Vous que le sort cruel dès l'aurore convie
        À ses festins ardents ;

Témoins prématurés de cette Bacchanale,
        Jeunes initiés
Des mystères sanglants d'où la force infernale
        A banni la Pitié ;

Vous qui rêvant hier de la vie et des roses
        Qu'on cueille à son chevet,
Ne pouviez pas prévoir pour quelles sombres choses
        Elle vous réservait :

Ô conscrits de la grande guerre mondiale
        Dont les corps ingénus
Vont ceindre, vont porter déjà, conviviale,
        La robe de Nessus ;

— Comme on entend monter dans les drames antiques
        La voix des chœurs jumeaux,
J'écoute se mêler vos serments fatidiques
        Et parfois vos sanglots ;

Je vois vos tendres yeux, vos poitrines offertes…
        Mais je sens, mais je sais
De quel cœur vous prenez dans vos mains entr'ouvertes
        Le glaive qu'on y met.

Et mon âme déjà précocement murie
        Mais que l'éclat du sang
A faite encore plus vaste et toujours attendrie
        Vous aime, adolescents.

Vous qui ne reverrez la terre triomphante
        Que sous les lauriers verts
Et dont les yeux, tournés vers la vie exigeante,
        Ne liront pas mes vers.

En ces jours déchirants…, Paris, Imprimerie centrale de l'Ouest, 1916.

Paul Dermée (1886-1951)

Flammes

    Cette plaie qui saigne à mon flanc…

    La flamme ronge une basilique
    Que de prières au vol ardent
    Se tordent
                ô torches héroïques

Spirales qui montez au ciel

    L'orgue fait vibrer ma chair
              Une voix crie
                  Ah c'est mon flanc qui saigne

    Étoile pure qui brilles
    Je couve ta tremblante enfance
              Fièvre
    Frissonne dans la nuit ardente

    Sueur divine du dernier soir
    Je me cramponne de mes mains tâtonnantes
                    Si seul

    Feu de tourbe à mon côté
                Flamme purifiante
                Douleur

Ces feuilles mortes sur mon front...

Mes cris ont effrayé les oiseaux qui dormaient
Le cœur des hommes est froid comme la terre

Lune polie
   tu montes en dansant dans le ciel
Ma tête danse   mes yeux me quittent
                              s'envolent
Je me sens soulevé comme une plume folle
Je suis guéri
              C'EST LE DÉLIRE

Cette plaie qui saigne à mon flanc...

Paul Dermée (1886-1951)

Festin

Ils ont tant canonné le Ciel que le voilà criblé de trous
Il ne tardera pas à tomber

À tâtons dans les ténèbres
On se chasse une lame aux dents
Des fous reniflent   l'haleine chaude
Où me cacher   dans quelle chapelle

    Chaque rencontre veut un mourant
Les bouchons sautent comme des cervelles
Et l'orgie est soûle de sang

Baisse-toi vite
    TROP TARD
             Mon fils a l'éternité des cadavres
    Le voilà beau comme un héros

Et ce carnage se poursuit depuis cent jours

    J'ai plongé ma main dans toutes les blessures
Il y a tant de morts que j'en ai oublié le nombre
Toutes les infirmières sont tombées à la peine
Et il n'y a pas assez de bois au monde
    Pour leur faire à tous des bières

Au ciel des Îles Anthropophages
Dieu a mis la Croix du Sud
Pour les morts sans tombeau

Sans doute allons-nous voir naître bientôt
Quelque vaste constellation cruciale
Nos morts ne sont pas enterrés

Plus d'ennemis   Leurs bouches mordent la terre
Mes amis viennent… avec une arme derrière le dos
Il faut bien vivre   allons
                       Des cadavres nouveaux

La dernière fille agonise sur le corps du dernier poète
                     Plus un rappel sous les étoiles

Or il fallait que cela fût

Mais je ne veux pas qu'on voie jamais tout ce carnage

Je vais monter sur le toit de la grange
Pour boucher les trous du ciel avec mes doigts

ET LE PREMIER QUI S'APPROCHE
                           JE L'ABATS

Paul Dermée (1886-1951)

Spirales

    Montez au ciel fumées tragiques

    Si loin
                     Retourne-toi

    La bucolique sur sa flûte
    Chante la rivière rapide
    Dans les prés paissent les troupeaux
                  Volutes paisibles
        vous montiez aux toits des hameaux

    BATAILLES
               et pillages
    Les exilés aux mains ouvertes
    Errent en tremblant dans la nuit
    Mon passé est une charogne dans l'herbe
    Fuis devant
                  ma cavale
                              fuis

    Torches rouges à l'horizon
    Ma bête la route est claire
    Fuyons ô monture des nerfs
    Un merle chante dans les buissons

L'aurore
                        tu tombes
                                            paupière pâle

Retourne-toi
                    Vois les lourdes torsades
De fumée âcre et de bétel
Emplir la coupole du ciel

ET TOUT NOTRE PASSÉ
        QUI S'EN VA EN SPIRALES

LES POÈTES
                    auront   désormais
une corde de plus à leur lyre

Elle sera faite
        DU MÊME ACIER QUE LES CANONS

Spirales, Paris, Paul Dermée, 1917.

Pierre Drieu la Rochelle (1893-1945)

Plainte des soldats européens

Par le travers de l'Europe, nous sommes des millions et seuls.
Multitude solitaire, qui divulguera notre peine inconnue ?
Ennemis de cette tranchée-ci ou de la tranchée d'en face
Tous ensemble isolés au milieu du monde
Au milieu de l'implacable sollicitude du monde.
Ô monde tu couves notre gloire, comme la mère veut garder à ses enfants la vie douloureuse et mortelle.
Et nous nous battons ensemble jour après jour tous embauchés bons ouvriers à cette besogne d'entre-massacre.

Partage de l'humanité par la guerre :
Les combattants et les non-combattants.
Ceux qui sont blessés ou tués, ceux autour de qui l'air est tranquille.
Ceux qui ont un lit chaud et dorment leur saoul, ceux qui ont les veilles froides.
Ceux qui aiment de près, ceux qui aiment de loin leurs aimés.
Il n'est que ce partage tranché.
Peu importe les grammaires, les bibles et les drapeaux.
Chez les Peuples-Centraux comme chez les Peuples-Périphériques.

Les combattants sont :
La plupart des fantassins
Certains soldats de génie
Certains artilleurs et cavaliers
Les aviateurs qui ne s'embusquent pas dans un nuage
Les non-combattants sont :
La plupart des généraux
Les hommes d'état
Les neutres
Les civils
Les embusqués
Les combattants momentanément à l'abri.
Or tous ceux-ci les maîtres et les combattants sont soumis à leur inévitable injonction.
En temps de paix, c'est pareil, il y a aussi des forts et des faibles.
Tout fonctionne bien. L'ordre règne en Europe. Les maîtres maîtrisent et les serfs servent.
Les maîtres ordonnent et transposent sur un monde transfigurateur les événements accomplis dans leur obéissance. Sur le champ de bataille c'est comme à l'usine, les manœuvres de la guerre avec leurs contremaîtres qui sont les officiers subalternes et supérieurs s'acharnent à des besognes dont l'intelligence leur est refusée.

De temps en temps, un combattant reprend pied sur le sol solide où posent les idées nettes des autres.
Pour être admis il faut qu'il ait la tête dans sa musette enfin une blessure convenable.
Ou sept jours de permission.
La guérison bâclée, ou la semaine bouclée, on le repousse et le monde

Par une gare géante et hurlante d'angoisse
Le rejette au creuset.
Cernés
Nous sommes cernés par le Monde qui nous presse les uns contre les autres.
Nous sommes les vaincus du Monde.
Et voici comment fut le jour de notre défaite.
Comme l'été flambait par toute l'Europe sur les clairs champs de blé et sur les sombres hérissements des usines,
Une force renaquit
La force austère du soldat.
Notre vie alourdie en fut secouée, et mise en branle.
L'ivresse versée par la coupe ensoleillée des trompettes nous reprit tout d'un coup.
Se sentir mille et mille, et adorés de son peuple.
Les femmes avec leur bouche en chair rouge disent :
« Nous sommes vos femmes, les femmes de votre peuple.
Ô nos mâles, allez tuer. »
Saouls d'orgueil, et de chagrin et d'abondance fraternelle nous sommes partis.
Et la foule amoureuse, enjôleuse
— vins, fleurs, baisers, cris —
Et brutale nous poussait les épaules vers l'effarante gloire.
Alors il y eut ceux qui étaient partis et ceux qui étaient demeurés.
Et derrière nous, dans les demeures, le silence où bientôt on entend l'oubli.
Et nous entrâmes dans des paysages où nous assaillit la bataille.

Derrière les horizons, nous entoure et nous obsède
Notre gloire
Clameurs de nos foules en cercle, qui heurtent les murs du ciel entre qui sonnent nos artilleries.
      Alors ennemis de cet horizon et de l'horizon d'en face, Boches ou Welches, prolétaires ou bourgeois désormais combattants seuls ensemble,
Au milieu du Monde,
Nous avons commencé de nous tuer.
Les cadavres de la dernière guerre n'étaient pas encore pourris à l'autre bout de l'Europe.
Nous avons compris l'aventure plus tard quand derrière nos tranchées du premier hiver,
On rouvrit les cinémas.

La réalité n'est pas, les hommes ne veulent pas la connaître (car ils en mourraient, chut !)
Les hommes se nourrissent d'esprit et non pas de la matérialité de leurs gestes.
Les hommes font de la vie un rêve et ce rêve ils l'ont appelé l'histoire.
Nous sommes ceux avec qui on fait l'histoire.
Nous sommes ceux qui savons et qui ne pouvons dire.
Car le Monde nous force au silence.
Pourtant nous savons ce que nous faisons et ce n'est pas ce qu'ils disent.
Mais un charme, une fatalité nous encerclent.
La clameur glorifiante des foules, rythmée par les maîtres, écrase nos cris inhabiles.
La magie du rêve historique est autour des actions douloureuses à quoi l'on nous force.
Pris dans le réseau implacable de la pensée des maîtres

Nous sommes les esclaves hallucinés.
Ah! cette histoire cruelle et magnifique qui assemble ses harmonies hors de nos atteintes.
Ces clairons qu'on nous sonne aux oreilles et qui nous entraînent dans les siècles des siècles.
Nous sommes toujours les mêmes et la terre s'use sous nos cheminements éternels.
Grognards séculaires, Alexandre nous a poussés jusqu'à l'Inde, Colomb jusqu'à l'Amérique, Bonaparte ailleurs.
Nous allons toujours sans savoir
Devant nos chefs qui nous propulsent.
Moteurs de leurs cerveaux qui ronflent au fond de nos troupes.
Nous allons de chapitre en chapitre sur les voies de nos maîtres.
Coalition du monde contre nous
Il nous délègue des maîtres qui viennent partager notre douleur pour nous la rendre plus inévitable :
Ces hommes riches d'or et d'esprit qui viennent, par-dessus nous, se clouer sur notre croix pour nous y mieux fixer.
Ces artistes qui viennent mourir parmi nous et ces officiers qui se font casser la gueule.
Nécessité qui nous fait face de partout; ces hommes tués sont encore plus nos maîtres et lèguent à leurs survivants un plus fort commandement.
En paix déjà parmi les Riches il était plus d'un maître.
Quand ils nous arrêtent nous leur construisons des civilisations où ils méditent nos prochaines étapes.
Ils sont avec eux les dieux, qu'on appelle maintenant Capitaux — or et intelligence. —
Et derrière eux l'Inaccessible.

Pierre Drieu la Rochelle (1893-1945)

Part du feu

> « Notre-Dame de Reims
> s'écroule au souffle des obus. »

Par la foi de nos cerveaux
quand cesserons-nous de pleurer l'écroulement des vieux temples ?
Laissons ces eaux aux vieillards, qui ne sentent pas dans leurs têtes débiles la force de concevoir des chefs-d'œuvre neufs ?
Mais nous, jeunes hommes, ne tremblons pas parmi l'écroulement des beautés vieillies, d'où s'est retiré le sang des hommes qui créent.
Ou que la mort qui nous tient nous garde.
Et attendons joyeusement ceux d'entre nous qui se lèveront avec l'offrande dans leurs prunelles de dessins étonnants.
À leur signe nous nous mettrons au travail et des monuments imprévus se dresseront sur la Terre en éternelle mue qui satisferont l'orgueil de nos générations.
Leurs lignes nouvelles-nées combleront soudain d'une beauté bienvenue le besoin de notre intelligence.
Ne regrettons pas, pour l'amour de notre vie, pour l'amour du Présent, (ô vie immanquablement libérale), les vieilles pierres que broient nos inénarrables canons.

Demain nous dresserons des grues plus hautes que nos canons béants derrière les montagnes, avec des tonnes de fer et de ciment nous édifierons les Monuments de notre Paix aussi grande que notre guerre.

La jeune et haletante histoire humaine nous apprend une maxime dont nous supporterons allègrement la dure économie.

« Il faut faire la part du feu. »

La mort est un masque sous quoi le ver ronge prestement ce qui est empreint de la risible sénilité.

Les grands actes humains sont durs, cassants et incendiaires.

Le Génie est dévastateur, homicide puis fécond et dorloteur.

Le matin c'est un massacreur qui enjambe jusqu'à l'horizon les cadavres alignés.

Le soir c'est un tendre père qui enveloppe de langes délicats une jeune humanité qu'il accoucha de chairs sanglantes.

France, mère ardente et asséchée, tâte ton ventre et ton cerveau.

Pierre Drieu la Rochelle (1893-1945)

À vous, Allemands

À vous Allemands — par ma bouche enfin descellée de la taciturnité militaire — je parle.
Je ne vous ai jamais niés.
Je vous ai combattus à mort, avec le vouloir roidement dégainé de tuer beaucoup d'entre vous. Ma joie a germé dans votre sang.
Mais vous êtes forts. Et je n'ai pu haïr en vous la Force, mère des choses.
Je me suis réjoui de votre force.
Hommes, par toute la terre, réjouissons-nous de la force des Allemands.
Pour moi je louerai les morts que ma nation leur a comptés et je féliciterai la planète de porter leurs survivants.
Leurs hommes sont nombreux et valeureux. Poussés par la fière exigence de leurs chefs, ils ont procédé, honorant l'Histoire de maintes prouesses.
Que soit bénie la foi des hommes qui osent renouveler la figure du monde selon l'idéal qu'ils chérissent.
Avec l'orgueil des races mûres, ainsi préméditèrent vos maîtres, Allemands, et votre puissante obéissance accepta la douleur de charrier dans votre sang cette nouvelle invasion du grandiose dans le monde.
Généreuse ambition des peuples forts qui s'épuisent à atteindre l'absolu de la puissance et qui livrent au rêve

téméraire de propager par-delà leurs horizons l'Idée qu'ils adorèrent sous leur ciel.

Quand enfin la plénitude est atteinte qu'elle soit brûlée tout d'un coup aux splendeurs du paroxysme plutôt que d'attendre les étiolements pacifiques.

Il y a seulement cent ans
Les Français forgèrent contre la paix du monde leur Idée dominatrice.
Et leurs armées laboutèrent l'Europe, vingt-trois ans, du cruel soc de leur bonne nouvelle.
L'Idée s'est altérée de sang.
Mais quoi : dix batailles et l'Allemand cesse de somnoler sous d'ineptes roitelets.
Aujourd'hui, bouche à bouche, dans le pressant corps à corps l'Allemand nous insuffle une ardeur nouvelle à créer le monde.
Contre la stupeur des peuples las, est-il autre chose que le canon ?

Je vous ai combattus, Allemands, mais je n'ai point voulu le nier.
Comment pouvais-je mieux vous aimer ? Car ce que j'aime en vous c'est ce qui n'est pas moi.
Contre notre résistance vous avez pu déployer votre effort et votre totale grandeur.
Dans la lutte nous nous exaltâmes.
Enfin nous sommes égaux dans le triomphe sur la mort.
Saine haine qui nous sépare et qui nous permet d'être et d'orner le monde des pans magnifiques de notre différence. Dans la pittoresque imperfection

de la vie, notre mutuelle méconnaissance est une passionnante aventure.

Je ne renierai pas Charleroi et que là, grâce à vous, grâce à votre défi animateur, je connus l'indéniable minute.
Quand je chargeais contre vous, à huit cents mètres, avec mes délicieux Français et que vos mitrailleuses nous donnèrent une sévère leçon de technique militaire.
[...]

Interrogation, Paris, NRF, 1917.

Pierre Drieu la Rochelle (1893-1945)

Chute

L'avion trace un signe
qui exclut l'homme de la vie
La balle trop aiguë a piqué l'azur
Les mains du vaincu s'effeuillent
Flamme mort épanouie paradis

L'aile détendait vers le bois courbe accueil
La flamme à l'aile s'enlaçait, alanguissait
La flamme se serait nourrie de sa graisse

Lâche il a lié son corps comme une pierre à son âme
Il s'est précipité hors du supplice, hors du ciel

Son corps était dans l'herbe un sac d'osselets
La laideur l'a soudain avili pour avoir fui la gloire et
le feu

Des hommes chauds au sein nu
sur les routes en poudre
offrent sur leurs bras
l'essence et la sueur

Pierre Drieu la Rochelle (1893-1945)

Jazz

Il bat au cœur du monde
le tambour de ces nègres
Leur bouche blanche écume
de nos rires irascibles
La douleur des secteurs silencieux
se délivre ce soir
dans les signes tortionnaires
que griffonnent en noir
ces pantins

Hourra entrez messieurs
Dans la terre et les cieux
Les obus vous font place
Une parade
tonne
sur un continent
craquant

Le pleur des soldats russes ravagea leur empire

Eau pure et corrosive qui descelle un serment

Voici la plus grande guerre du monde
Recrutons les peuples à la ronde

La terre pavoisée de journaux
Titrés de ses monts et ses vaux
Vire sous le gros œil
qui lit notre gloire

Pierre Drieu la Rochelle (1893-1945)

Croisade

Et voici les Américains
croisés aux couleurs de la terre
qui réveilleront l'armée dans son linceul de ciel
Ils ont allié leur âme au fer de leurs canons et leur or
est fondu avec leur soleil neuf

Amis, il faut sauver le sépulcre du Christ

Holà ! ho ! du vaisseau
Venez-vous en France au pays des tombeaux ?
Hurrah !
Le bateau de chair vive
aborde à l'aimable rive.

Çà de la tranchée sépulcrale
ressuscite d'entre tes morts
Ô peuple-Christ
mon peuple triste

Fond de cantine, Paris, Gallimard, 1920.

Georges Duhamel (1884-1966)

Ballade de Florentin Prunier

Il a résisté pendant vingt longs jours
Et sa mère était à côté de lui.

Il a résisté, Florentin Prunier,
Car sa mère ne veut pas qu'il meure.

Dès qu'elle a connu qu'il était blessé,
Elle est venue, du fond de la vieille province.

Elle a traversé le pays tonnant
Où l'immense armée grouille dans la boue.

Son visage est dur, sous la coiffe raide ;
Elle n'a peur de rien ni de personne.

Elle emporte un panier, avec douze pommes,
Et du beurre frais dans un petit pot.

Toute la journée, elle reste assise
Près de la couchette où meurt Florentin.

Elle arrive à l'heure où l'on fait du feu
Et reste jusqu'à l'heure où Florentin délire.

Elle sort un peu quand on dit : « Sortez ! »
Et qu'on va panser la pauvre poitrine.

Elle resterait s'il fallait rester :
Elle est femme à voir la plaie de son fils.

Ne lui faut-il pas entendre les cris,
Pendant qu'elle attend, les souliers dans l'eau ?

Elle est près du lit comme un chien de garde,
On ne la voit ni manger, ni boire.

Florentin non plus ne sait plus manger :
Le beurre a jauni dans son petit pot.

Ses mains tourmentées comme des racines
Étreignent la main maigre de son fils.

Elle contemple avec obstination
Le visage blanc où la sueur ruisselle.

Elle voit le cou, tout tendu de cordes,
Où l'air, en passant, fait un bruit mouillé.

Elle voit tout ça de son œil ardent,
Sec et dur, comme la cassure d'un silex.

Elle regarde et ne se plaint jamais :
C'est sa façon, comme ça, d'être mère.

Il dit : « Voilà la toux qui prend mes forces. »
Elle répond : « Tu sais que je suis là ! »

Il dit : « J'ai idée que je vas passer. »
Mais elle : « Non ! Je veux pas, mon garçon ! »

Il a résisté pendant vingt longs jours,
Et sa mère était à côté de lui,

Comme un vieux nageur qui va dans la mer
En soutenant sur l'eau son faible enfant.

Or, un matin, comme elle était bien lasse
De ses vingt nuits passées on ne sait où,

Elle a laissé aller un peu sa tête,
Elle a dormi un tout petit moment ;

Et Florentin Prunier est mort bien vite
Et sans bruit, pour ne pas la réveiller.

GEORGES DUHAMEL (1884-1966)

Ballade de l'homme à la gorge blessée

Ne parle pas, frère au cou déchiré !
Il me suffit de trouver ton regard.

Il me suffit de voir le pli profond
Qui s'éloigne en palpitant vers ta tempe,

Et la pupille, anxieuse et mobile,
Qui s'élargit sur l'ombre intérieure,

Et tout ton corps, étalé devant moi
Comme une page écrite en mon langage.

Ton corps ! Jusqu'à l'ongle du petit doigt,
Jusqu'à la peau rugueuse des genoux,

Jusqu'aux oreilles gercées de vent,
Jusqu'aux pieds gonflés de veines laborieuses !

Frère ! ne sais-tu pas que, dès que tu frissonnes,
Comme un rameau de peuplier je frissonne ?

Si la toux gronde au fond de ta poitrine,
Il n'y a plus aucune joie pour ma poitrine,

Si l'air gémit en déchirant ta gorge,
Peut-il chanter en visitant ma gorge ?

Et si le sommeil t'oublie, cette nuit,
Crois-tu qu'il va me combler cette nuit ?

Ainsi, donc, ô mon compagnon, ne parle pas !
Ne fais pas saigner ta gorge percée !

Regarde-moi seulement dans les yeux,
Regarde-moi seulement dans le cœur.

Laisse tomber seulement dans ma main
Ta grosse main, si robuste et si faible.

Ainsi donc, ô mon compagnon, ne dis plus rien,
Toi qui as tant de choses à me dire !

GEORGES DUHAMEL (1884-1966)

Ballade du dépossédé

C'est un homme qui n'a plus rien à perdre,
C'est un homme à qui tout fut retiré.

Il laisse étendre avec indifférence
Ses membres blessés et froids sur le lit.

Sa tête même, il la laisse tomber :
Qu'importe la place où choit le fardeau !

Nulle requête et nul gémissement.
Il ne parle plus : il n'a rien à dire.

Il fait seulement entendre un soupir,
Un soupir qui n'est presque plus humain.

Que fait-il parmi nous ? Il n'a plus rien.
Il semble délivré de toute espérance.

Il est dessaisi de toute la joie ;
Il n'a que cette vie intolérable.

Il n'a plus que cette flamme agonisante
Et des souvenirs qu'il faut repousser.

C'est fini. Ce qu'il pouvait faire est fait ;
Tout ce qu'on demandait de lui est accompli.

C'est fini. Le voici retranché de la lutte.
Il gît, comme un homme affreusement libre.

Son œil déserté contemple un nuage
Qui reflète, là-haut, d'invisibles pays.

Et parfois cet œil se pose sur nous
Qui poursuivons tant de besognes inutiles.

Que fait, parmi nous, le dépossédé,
Ce voyageur qui attend que le vent se lève ?

Nous le regardons tous en grand silence,
Nous le regardons tous avec effroi.

Et, dans le fond de nos âmes exténuées,
Grandit une mystérieuse jalousie.

Élégies, Paris, Mercure de France, 1920.

Luc Durtain (1881-1959)

La Marque

Hors du profil des monts lointains,
Hors du dévalement des pentes
Grasses et gazonnées, vraie terre à tombes,

Deux pins obliques, élevant
Le bois décharné de leurs branches :

Et cet homme qui songe étendu
Croit revoir, dépassant de terre,
Parfois des bras, parfois des pieds.
C'était commode pour accrocher
La capote ou la cartouchière,
(Quoi ? il fallait bien rester là).

Maintenant, voilà le ciel qui est toutes les routes,
Voilà la mer, longues traînées
De bleu sombre derrière les bateaux.
Ça sent la résine, la fleur, le sel.

L'homme laisse fumer une cigarette.
Il a ouvert l'ombrelle bleue de sa femme.
Il n'a rien à faire qu'à regarder
Au loin le point tantôt blanc,
Noir tantôt d'une mouette (selon
Qu'il en voit un côté ou l'autre),

Et qu'à contenir, à deux bras,
Ainsi que l'on reçoit une âme,
L'énorme printemps tout en fleur.

Soudain, il se redresse, affreux,
Avec ces deux mêmes trous d'ombre dans la face,
Avec ces deux mêmes vides aux oreilles
Dont il sentait la nuit venir les obus...

Tout ce clair monde et son soleil
Lui sont apparus tels qu'un songe :

Est-il sûr de n'être pas mort ?

Le Retour des hommes, Paris, NRF, 1920.

Paul Éluard (1895-1952)

La troupe qui rit toute vive dans l'ombre
Pour un soir peut boire sans envie...
À la bougie que les quarts sont jolis
Et les chansons qui finissent aussi.

Tout le jour des cris sans nombre
Pour une fête très douce à souhaiter
Ont bondi de tous les côtés,
Car ce fut fête de préférés...

En accrochant aux murs les couleurs qui le flattent
Demain chacun saura que la joie adorable
Est partie pour toujours. Et tous les gestes nus
Seront accompagnés de mots de bienvenue
Pareils à la pitié qui suit un misérable.

Couchons-nous, mon vieux, il est tard.
C'est notre tâche d'être diurnes,
C'est notre tâche !
      et l'infortune
Des autres d'ouvrir l'œil la nuit
Nous touche — mais ils ont dormi !

Personne ne doit plus passer
Sur la route et les églantiers

Mettent seuls dans le fossé
Leurs paumes claires ou bien rosées
Qu'aucune épine n'égratigne.

Couchons-nous, mon vieux, il est tard.
Assez jouer, assez boire.
Quittons l'arme et la ceinture
Et déplions les couvertures
Où dorment des bêtes noires.

Soldats casqués, fleuris, chantants et détruisant.
                    Toujours, très lents,
Camions, canons, mi-roues renouvelées dans les blés.

                Calme attente.

Le soir, le soleil qui se couche
Comme un fardeau glisse d'une épaule.

Le Devoir, recueil de 10 poèmes, tiré aux armées, 1916.

Paul Éluard (1895-1952)

Fidèle

    Vivant dans un village calme
D'où la route part longue et dure
Pour un lieu de sang et de larmes
        Nous sommes purs.

Les nuits sont chaudes et tranquilles
      Et nous gardons aux amoureuses
    Cette fidélité précieuse
Entre toutes : l'espoir de vivre.

Le Devoir et l'Inquiétude, Paris, A.-J. Gonon, 1917.

Paul Éluard (1895-1952)

Monde ébloui, monde étourdi

I
Toutes les femmes heureuses ont
Retrouvé leur mari – il revient du Soleil
Tant il apporte de chaleur.
Il rit et dit bonjour tout doucement
Avant d'embrasser sa merveille.
II
Splendide, la poitrine cambrée légèrement,
Sainte ma femme, tu es à moi bien mieux qu'au temps
Où avec lui, et lui, et lui, et lui, et lui,
Je tenais un fusil, un bidon – notre vie !
III
J'ai eu longtemps un visage inutile,
Mais maintenant
J'ai un visage pour être aimé
J'ai un visage pour être heureux.
IV
Après le combat dans la foule,
Tu t'endormais dans la foule.
Maintenant, tu n'auras qu'un souffle près de toi,
Et ta femme partageant ta couche
T'inquiétera bien plus que les mille autres bouches.

[...]

Poèmes pour la paix, s. l., 1918.

Paul Fort (1872-1960)

Premier jour de guerre

Entre veille et sommeil doux rêves passagers ! Calme du petit jour ! Tranquillité songée, à l'heure où de mon lit je vois bleuir les saules ! Près de moi dort l'amour. Cela respire. Oui, j'ai son cœur battant tout près du mien. Non ! ah ! c'est drôle, je suis seul… Ma compagne entrouvre la croisée ; elle a dû fuir à pas de chat… Le volet miaule… Oh ! que ma mie est belle en sa cambrure aisée, couverte seulement d'un châle noir léger, comme s'il lui restait de la nuit sur l'épaule !

Celle dont la nature est si gaie, si tranquille, que son œil voit partout des causes de plaisir, m'aura quitté pour voir l'aube irisée surgir de nos touffes d'asperges… Ô petite incivile ! — « N'as-tu pas entendu le tambour ? » — « Viens, sois sage. » — « Tu n'as pas entendu le tambour du village ? » Que faire ? Je me lève. Ô mes amours en larmes ! Je veux connaître enfin cette cause d'alarme. « Eh bien oui ! le voilà, ce tapin dont j'enrage. Mais il nous gratifie d'un roulement sauvage.

» Il s'arrête à mon seuil, déroule son papier. Comme ici le champêtre est le tambour, je gage qu'il réprouve le vol d'un coq du voisinage ou la prise au collet d'un lièvre en son clapier. Cela vaut de pleurer, cela vaut d'épier... Qu'est-ce à dire ? La guerre !... Il me semble un moment que je deviens aveugle. Où suis-je ? Tout est noir. On m'a touché ? Je vois, je recommence à voir. Quel esprit me condamne à voir du firmament une pluie d'astres fous choir éternellement ?

— « Regarde ! » — « Mon amour ! » — « C'est pire qu'un orage... Je sens que je m'en vais, je n'ai plus de courage, Paul ! » Eh oui ! que font là, que font là sur mon seuil cet homme et son papier qui tremble ? Il n'est pas seul, cet homme qui fait mine aussi de sangloter. Les bras levés au ciel, ô cette femme en deuil, à genoux devant un vieux bougre assermenté : « Mon bon monsieur, il faut arranger tout cela. J'eus deux fils, l'un est mort, et mon autre est soldat. Qu'est-ce que c'est donc ça des ennemis ?... Pitié ! Voyons, vous pouvez bien déchirer ce papier. »

Dans notre chambre un cri passe et meurt inouï. — Jusqu'au lit je soutiens ma belle évanouie. — Je ne sais plus où sont les choses ; allons, je veux... la soigner... Quoi ! je rêve en lissant ses cheveux ? Lissant ses froids cheveux, je vois un froid pays : les yeux fixes, je vois sur une basse plaine — est-ce Flandre ou Champagne, est-ce Alsace ou Lorraine ? — tracer une charrue... un paysan la mène, haussant pour aiguillon la faux des jours de haine ; soudain je vois flamber la nue... que vois-je encore ?... tous les sillons trembler et, sous des lueurs d'or, les grands bœufs labourer entre les croix des morts.

1er août 1914

Deux chaumières au pays de l'Yveline, Paris, Monnier, 1916.

Paul Fort (1872-1960)

La Cathédrale de Reims

Devant elle, près du «Lion d'Or», je naquis. — Enfant, les yeux encor brouillés de paradis, je la rêvais. Peut-être m'apparaissait-elle en musicale brume à travers l'air du ciel, et comme elle apparaît aux plus subtils des anges, dont tous les sens légers volent et s'entr'échangent.

Sans doute aussi la cathédrale était «chantée», irréelle ou réelle en ses métamorphoses, par les anges de Reims pour ma nativité, ou bien n'étant qu'une âme en fleur et peu de chose, par mon ange gardien tout seul. Mais je le jure, elle *enchantait* déjà ma française nature.

[…]

Jeanne d'Arc! ô fantôme adoré, vous voici! Haussant votre étendard le héraut sonne, et Charles est de pourpre vêtu qui, docile, vous suit, mais regarde (entouré d'un peuple qui vous parle et vous aime et vous cherche et vous presse et vous suit) venir déjà — Bergère! — en signe d'espérance tout le troupeau conduit des futurs rois de France.

Peuples, rois, chevaliers s'engouffrent dans l'église au cri de Jeanne, et l'étendard qu'elle a saisi propage une ferveur qui rend le son quasi des incendies sacrés que Dieu lui-même attise, et vrai !... la cathédrale brûle, âme des âmes, et grondant de ferveur monte au ciel en rafale.

— Rêve de ma jeunesse, il faut que vous soyez la Vérité française. Vous l'êtes tout entière ! Songe où ma cathédrale eût pensé m'effrayer — changée en flamme allègre illuminant nos terres, — lyriques mais gaulois, je vous ai dû la Grâce de ne chanter nuls chants que du goût de ma race.

La Basilique a pris la forme de la flamme, sitôt qu'elle sortit du cœur de Jean d'Orbais, — mais plus inextinguible et haute depuis Jeanne, holocauste vers Dieu de tous les cœurs français, vous n'avez pu, non moins que le ciel étoilé — guerre, affreuse guerre — l'éteindre ou la brûler !

[...]

PAUL FORT (1872-1960)

Le Soldat de la Grand'garde
ou Le Veilleur

Par cette nuit d'hiver, au clair de lune froid, guettant le long mutisme des plaintes hagardes, au clair de lune froid, le soldat de grand'garde — une statue vivante et couverte de givre — n'écoute plus son cœur et ne s'entend plus vivre. Toute pensée, il veille et songe à ce qu'il sonde, pour la gloire de France et pour la paix du Monde.

Il est sur la tranchée une statue qui voit. Le plus doux de son âme en l'âme est rejeté si loin, et le plus cher : ont-ils jamais été ? Bleuâtres souvenirs, comme vous pâlissez dans la nuit de son âme ! en êtes-vous chassés pour toujours, feux follets aux caressantes flammes, tendresses des parents, des enfants, de la femme ?

Vous n'aurez point cette heure en lui, cherchez les autres — qui dorment — souvenirs !... son âme n'est plus vôtre. Par cette nuit d'hiver, et s'il est de grand'garde, vous ne pouvez troubler le soldat qui regarde : il n'est plus ce jeune homme, il est ce haut veilleur ayant des yeux de flamme et de marbre le cœur : il est sur la tranchée une statue qui voit et s'anime... Là-bas, volent quelques clartés?... Des souvenirs!... Il reprend sa rigidité. Qu'est le Passé pour toi, veilleur de l'Avenir? Épouse, père, mère, enfants, ne venez pas, ô fantômes, toucher le front de ce soldat — qui n'est plus un soldat — mais se sent devenir le responsable dieu des temps qui vont surgir.

Poèmes de France, Bulletin lyrique de la guerre (1914-1915), Première série, Paris, Payot et Cie, 1916.

Paul Fort (1872-1960)

Voilà pourquoi nos enfants sont des héros

Je m'attendais à autre chose, j'avais conçu d'autres espérances :

je voulais me donner à vous, grandes batailles, comme je me suis donné à la grande nature ; mais je ne vous comprends plus, vous êtes si surnaturelles !

La nature, au moins, me laissait souffrir de mes amours. Et vous point, batailles, qui nous voulez tout entiers. Oh ! je sais bien, je sais bien pourquoi…

Sans amour désormais que la Patrie, nos soldats, nos enfants meurent pour la nature de France.

Mais enfin, il ne faut pas être trop sévères, batailles. Moi je souffre d'amour, et voilà pourquoi mon trouble.

Et croyez-vous que tous nos enfants — nos héros — ne souffrent pas plus d'amour que de la mitraille ?

On les dit héros parce qu'ils se battent bien. Mais étaient-ils faits pour être des soldats ? Moi je les dis héros pour ce qu'ils ont donné, leur jeunesse et l'amour qu'ils n'osent pas pleurer.

Pleure, oui, pleure, ô jeune soldat, verse des larmes vraiment amères, si tu ne pleures pas quand c'est le moment de pleurer, tu ne pleureras que trop quand tu reviendras ici, quand tu visiteras de nouveau ta patrie et qu'il n'y sera plus pour toi de bien-aimée.

« Il ne sera plus pour lui de bien-aimée : voilà pourquoi mon enfant est héroïque. Son beau, pauvre, son cher visage est si détruit », me dit une mère. « Il ne sera plus pour lui de bien-aimée. »

Quoi ! je blasphème ? Cette mère blasphème ? On ne l'en aimera que mieux notre soldat ?... Sa mère bien sûr et non une amoureuse. Voilà pourquoi nos enfants sont héroïques. — Oh ! fut-il jamais blessures plus atroces ?

« Je vous dis pourquoi mon fils est un héros. Survivant, plus héros que s'il fût mort peut-être. Je l'aimerai tant », me dit une mère, « je le consolerai si bien, parce que je suis une mère — qui derrière son enfant ou la nuit en son lit pleure, pleure, oh ! pleure sur tant d'héroïsme...

« Non ! pour l'aider à m'être infidèle, à moi sa maman, toute son enfance, plus d'amoureuse au jeune cœur, plus de printemps au jeune aveugle... S'il peut m'être infidèle avec la vie, comment pourra lui suffire mon amour ? Une mère ne suffit pas. — Mon héros ! mon héros ! mon petit ! »

Je m'attendais à autre chose, j'avais conçu d'autres espérances…

La joie de la guerre est dans la rapidité.

Constance, endurance, eh ! voilà sur mon âme, de ces mots bien faits pour de vieux soldats.

Mais sans que jamais, non ! jamais ! s'éteigne la flamme de notre jeunesse gardienne de la France,

quel héroïsme lui faut-il, pleurant tout bas l'amour et l'Amour de la vie

et les pleurant en dedans de soi, — si notre jeunesse marque le pas ?

Que j'ai plaisir d'être Français ! suivi de *Temps de guerre*, Paris, Fasquelle, 1917.

GABRIEL-TRISTAN FRANCONI (1887-1918)

1914

Évocateurs de jours à jamais mémorables,
Où désireux de vivre, il nous fallut porter
À nos fronts calcinés, couronne inexorable :
Le fatal flamboiement des obus éclatés.

Chiffre de fer, tracé d'une lame incisive
Dans la poitrine en fleur des beaux adolescents ;
Nos filles éblouies, avec des voix d'eau vive,
Te rediront, plus tard, à nos petits-enfants.

Nos clochers frémissants sont abattus dans l'herbe,
Et le barbare en fuite achève l'innocent.
Qu'importe ! Nous t'avons, chiffre alerte et superbe,
Au miroir de l'histoire inscrit avec du sang.

Poèmes, Paris, La Renaissance du Livre, 1921.

Maurice Gauchez (1884-1957)

Les Charrois

Les charrois dans les soirs montent par les chemins
Et s'en vont réguliers, ponctuels dans les ombres,
Comme de longs convois ouatés de pénombre
Cheminent dans un rêve aux vaporeux lointains.

Les charrois lentement toute la nuit charrient.
Et des cités d'arrière à l'ultime horizon
Par les routes d'accès aux divers points du front
On ouit leurs essieux qui grincent et qui crient.

Les charrois qui sont lourds et qui vont pesamment
Faisant durant la nuit trembler le sol des routes
Et frissonner les murs des maisons aux écoutes,
Et s'ébranler l'écho de leurs durs roulements.

Les charrois de cailloux, de planches et de terre,
Les charrois de chevaux de frise et de béton,
Les charrois des obus, des vivres, des canons,
Les charrois chaque soir cortègent leurs mystères.

Ils remontent en Flandre aux pas de leurs chevaux
Ou mordent les pavés des heurts automobiles
Et font vibrer encor l'obscurité tranquille
Des rythmes incessants de leurs brusques sursauts.

Mais chaque nuit pourtant les charrois redescendent
S'étant butés là-bas aux murailles de sacs,
N'ayant pu traverser tous les immenses lacs
Et ne pouvant au jour piétiner dans les landes ;

Et les charrois qui vont s'en reviennent toujours,
Et les charrois des soirs sont des charrois d'aurore,
Et les mêmes rumeurs se propagent encore
Dans les brumes de Flandre, et la nuit, et le jour.

Maurice Gauchez (1884-1957)

Les Filles Mères

Il y a dans la Flandre un tas d'enfants sans père
Et qui sont nés souvent d'un seul baiser d'amour
Et qu'on avait maudits avant qu'ils vissent jour
Et dont rougit le front des pauvres filles mères.

Il y a des bébés qui n'ont point de papa
Dans les cités sentant l'essence et le bitume
Et ces tristes petits dont la haine s'allume
Ne sont heureux que quand personne ne les bat.

Car l'enfant de l'amour est la honte des filles
Et la mère dont naît un gosse hors la loi
On lui tourne le dos, on la montre du doigt
Et les hommes sont seuls à la vouloir gentille.

Et pourtant, moi, Soldat, et toi, mon compagnon,
N'avons-nous donc jamais créé ces peu de vie
Et ne sommes-nous pas les brutes assouvies
Qui salissent l'amour et l'honneur en son nom ?

Filles mères de Flandre et des humbles villages
Et des villes sentant les parfums et la peur,
Je voudrais à genoux vous donner tout mon cœur
Et bénir vos enfants comme ceux des ménages.

Et s'il est parmi vous des garces sans aveu,
Je juge qu'aucun n'a sur notre infâme terre
Le droit de vous punir, car, pauvres filles mères,
Vos enfants pour tuteur ont encor le bon Dieu.

Ainsi chantait Thyl, 1914-1918, Paris-Zurich, Georges Crès, 1918.

Maurice Gauchez (1884-1957)

Les Gaz

Le carnaval de mort se chante à grands éclats,
Le carnaval lugubre à l'haleine empestée,
Le carnaval de haine et de rage entêtées
Serpente au long des champs dans les Flandres,
là-bas…

Les enfants du sol clair respirent sous leurs masques ;
Les visages n'ont plus ni formes, ni ferveurs ;
D'atones verres blancs sans regard, sans ardeur,
Ouvrent des yeux de monstre à l'ombre de grands
casques.

On fête la laideur d'un affreux cauchemar.
Des spectres délirants et sans nez gesticulent.
Une brume de Sabbat autour d'eux monte et fume ;
Des yeux ternes et blancs se recherchent hagards.

C'est la folie éparse aux plaines de la Flandre,
Une sinistre joie abrutit l'avant-soir.
Des « Klaxons » crécellants hurlent de désespoir,
Et les hommes sont bruns et comme enduits de
cendres.

Les vapeurs de l'ivresse et les souffle du vent,
Sur ce mardi gras veule et ses sinistres masques,

Sur ces groupes sans nom de groins noirs et de casques,
Planent, puis vont vers les lointains, étrangement.

Le carnaval des gaz se chante à grand vacarme,
La mitraille rit de son fou rire de mort,
Les clairons dans la Flandre emmêlent leurs accords,
Et les tocsins des tours propagent leur alarme.

Masques d'un soir de mai, fantômes sans élans,
Quelle joie hystérique et quels spasmes de haines
Vous énervent ce soir dans les remous des plaines ?
– Le diable s'est offert un carnaval sanglant.

Poème publié dans Ernest Prévost et Charles Dornier, *Le Livre épique. Anthologie des poèmes de la Grande Guerre*, Paris, Librairie Chapelot, 1920.

Léon Gauthier-Ferrières (1880-1915)

Durant cette guerre, affreuse et maudite,
Terré dans la nuit sans rien voir de beau,
Je vis dans les trous comme un troglodyte,
Le front sur la pierre et les pieds dans l'eau.
Suis-je pas plutôt la taupe qui rampe
Que l'homme aspirant à l'azur qu'il voit ?
La boue est mon lit, la lune est ma lampe,
La poussière emplit ma maison sans toit.
Comme mon fusil, ma pipe est bouchée,
Je n'ai plus de feu même en amadou,
Et j'attends la mort dans quelque tranchée
Par un coup tiré nul ne saura d'où.
Pas de goutte à boire, aucun livre à lire,
À peine une lettre une fois par mois,
Moi qui, comme un Maître, ai porté la lyre,
Le fusil me pèse ainsi qu'une croix.
La journée on cuit, le soir on grelotte ;
La barbe vous gratte et la peau vous bout ;
Je suis devenu presque sans culotte,
Avec mes habits déchirés partout...

Poème publié dans Ernest Prévost et Charles Dornier, *Le Livre épique. Anthologie des poèmes de la Grande Guerre*, Paris, Librairie Chapelot, 1920.

Max Jacob (1876-1944)

1914

Les éclairs n'ont-ils pas la même forme à l'étranger ? Quelqu'un qui se trouva chez mes parents discutait de la couleur du ciel. Y a-t-il des éclairs ? C'était un nuage rose qui s'avançait. Oh ! que tout changea ! Mon Dieu ! est-il possible que ta réalité soit si vivante ? La maison paternelle est là ; les marronniers sont collés à la fenêtre, la préfecture est collée aux marronniers, le mont Frugy est collé à la préfecture : les cimes seules, rien que les cimes. Une voix annonça : « Dieu ! » et il se fit une clarté dans la nuit. Un corps énorme cacha la moitié du paysage. Était-ce Lui ? était-ce Job ? Il était pauvre ; il montrait une chair percée, ses cuisses étaient cachées par un linge : que de larmes, ô Seigneur ! Il descendait... Comment ? Alors descendirent aussi des couples plus grands que nature. Ils venaient de l'air dans des caisses, dans des œufs de Pâques : ils riaient et le balcon de la maison paternelle fut encombré de fils noirs comme la poudre. On avait peur. Les couples s'installèrent dans la maison paternelle et nous les surveillions par la fenêtre. Car ils étaient méchants. Il y avait des fils noirs jusque sur la nappe de la table à manger et mes frères démontaient des cartouches de Lebel. Depuis, je suis surveillé par la police.

Max Jacob (1876-1944)

1914

Son ventre proéminent porte un corset d'éloignement. Son chapeau à plumes est plat ; son visage est une effrayante tête de mort, mais brune et si féroce qu'on croirait voir quelque corne de rhinocéros ou dent supplémentaire à son terrible maxillaire. Ô vision sinistre de la mort allemande.

Max Jacob (1876-1944)

La Guerre

Les boulevards extérieurs, la nuit, sont pleins de neige ; les bandits sont des soldats ; on m'attaque avec des rires et des sabres, on me dépouille : je me sauve pour retomber dans un autre carré. Est-ce une cour de caserne, ou celle d'une auberge ? que de sabres ! que de lanciers ! il neige ! on me pique avec une seringue : c'est un poison pour me tuer ; une tête de squelette voilée de crêpe me mord le doigt. De vagues réverbères jettent sur la neige la lumière de ma mort.

Max Jacob (1876-1944)

Le Sacrifice d'Abraham

En temps de famine en Irlande, un amoureux disait avec ardeur à une veuve : « Une escalope de vô, ma divine ! — Non ! dit la veuve, je ne voudrais pas abîmer ce corps que vous me faites la grâce d'admirer ! » Mais elle fit venir son enfant et lui coupa un beau morceau saignant à l'endroit de l'escalope. Est-ce que l'enfant garda la cicatrice ? je ne sais pas ; il hurlait bibliquement quand on le coupa dans l'escalope.

Max Jacob (1876-1944)

1889-1916

En 1889, les tranchées on les eût mises sous verre et en cire. À deux mille mètres sous terre, deux mille Polonais enchaînés ne savaient ce qu'ils faisaient là : les Français d'à côté ont découvert un bouclier égyptien : on l'a montré au plus grand médecin du monde, celui qui a inventé l'ovariotomie. Le plus grand ténor du monde a chanté deux mille notes dans le théâtre qui a deux mille mètres de tour : il a gagné deux millions et les a donnés à l'Institut Pasteur. Les Français étaient sous verre.

Le Cornet à dés, Paris, 1917 (Gallimard, 1945).

Pierre-Jean Jouve (1887-1976)

Les Voix d'Europe

Tue ! Tue !

Écoutez, ce sont par millions les voix d'Europe,
Les cris par millions de l'Atlantique à la Pologne,
Toutes nos voix entre l'Océan et les montagnes.

Tue ! Tue !

Ce sont les voix les plus sages, les plus vraies d'Europe,
Les voix unanimes comme la terre,
Les voix formidables comme le sang !

Tue ! Tue !

Ce sont les voix sacrées et savantes d'Europe,
Les voix à jamais enivrées de Raison,
Les voix jadis enchaînées à la chair faible et brûlante,
Qui depuis des milliers d'années approchaient de la délivrance.

Tue ! Tue !

Ce sont les voix près de la jeunesse et sur le bord de la mort,
Celles du travail devant les creusets,

Du plaisir et de la foi, de la plaine et de la forêt,
Les voix de la tendresse et aussi celles de la joie !

Tue ! Tue !

Sans pitié, sans espoir, sans scrupule et sans souvenir,
Sache tuer, d'un coup puissant, avec patience,
Non pas une seule fois, mais des milliers de fois ;
De l'Atlantique à l'Asie, les saintes voix
T'ordonnent de bien tuer.

Tue ! Tue !

[...]

Pierre-Jean Jouve (1887-1976)

J'entends votre œuvre

Hommes d'Europe, hommes d'Europe !
J'entends votre œuvre rude avec la boue et avec le sang,
J'entends votre souffle rude afin que tout soit consommé.

La guerre est en vous souffle et force,
La guerre est en vous semence et fenaison,
Mais en moi la guerre est crime et misère.

Puisse ma poitrine ne point faiblir trop vite !
Puisse mon cœur supporter la tension du malheur
Comme un malade s'éveillant dans la montagne.

Hommes rompus par la besogne épouvantable !
Je suis éloigné de vous comme un habitant d'une autre terre,
Avec humilité je puis me recueillir loin de vous.

J'appelle un autre état que les hommes les plus beaux,
Que les hommes les plus forts et les plus clairs ont appelé,
Qui veut revenir avec moi vers la terre de Dieu ?

[…]

Mai 1915

Vous êtes des hommes, Paris, NRF, 1915.

Pierre-Jean Jouve (1887-1976)

La Presse

Le crieur

La Presse !
Nouvelles du monde entier,
Événements faussés, la Presse !
Communiqués, publicité,
Atrocités nouvelles,
Chantage, finance et patrie,
Le levier de l'insanité
Pour soulever tous les sujets, bons et mauvais,
Du peuple en guerre !

Demandez : la Presse !
Son infamie perpétuelle
On la connaît depuis longtemps,
Sa méchanceté véreuse
On la paie depuis longtemps !
Honnêtes gens, sustentez-vous.
Le sensationnel des tranchées
Dépasse vos espérances.
À travers les rues brûlantes,
Comme un coup de poing,
L'appel de la Presse !

Achetez : la Presse !
La Putain
Sur qui tout le monde a profits.

Allons, enfants de la Patrie,
Nourrissez-vous,
On vous en donne votre saoul,
Idéal pour les cœurs sensibles,
Pour les craintifs, c'est rassurant,
Affaires pour les trafiquants,
Pour tout homme et toute femme
Le placement de sa Bêtise.

Censurée, non censurée,
Libre hier, muselée ce soir,
Demandez : la Presse !
Révolutionnaire, guerrière,
Payée ou même spontanée,
Demandez la Fille Anonyme !
Son triomphe de bassesse,
Son soleil d'ignominie :
Cette guerre !
Demandez : la Presse !
La presse de tous les pays.

Allons, les gens de tout poil,
Bourgeois, catins, commerçants,
Financiers, curés, barons du crottin,
Usiniers, princes, bons enfants,
Achetez : la Presse !
Vous y lirez la vérité
Absolue, déjà l'Histoire.
La défense du Progrès !
Le sauvetage de l'Humanité !
L'Impérialisme démasqué !
La Révolution étouffée !

L'Orient, entre nos mains !
Le peuple entier dans les usines !

La solution, — par la Victoire !
La fin des neutralités !
Les horreurs de leur guerre !
Le sublime des tranchées !
La voix du grand Robespierre !
Notre grand prince de Bismarck !
Le socialisme à son auge
Mangeant avec le patriotisme !
Beaucoup de morts, liberté !
Le Droit, L'Union Sacrée,
La Civilisation, la Paix !

Demandez : la Presse !

Danse des morts, Paris, NRF, 1917.

PIERRE-JEAN JOUVE (1887-1976)

Il n'y a pas de victoire…

Il n'y a pas de victoire,
Il n'y a que sombre défaite,
Le meurtre au milieu du cœur,
Les chairs au fond de la terre.

Je vous méprise et vous le dis,
Rois du bétail et de l'acier,
Je ne suis pas du crime heureux,
Je suis de l'éternité.

Le vent hurlant comme un veuf,
Novembre sur le plateau,
Fera craquer l'arbre perdu
Et danser en rondes de sang
Les feuilles décomposées.

L'eau labourée par le vent
Emportera les rives tristes,
Balancera sous le ciel mouvant
Un homme au fond d'une barque
Dont le cœur est un saignement.

L'herbe tremblera sous la neige,
Glacée et pénétrée d'eau,

Un gras et triste corbeau
S'envolera sans espoir.

On verra les vieux morts tronqués
Monter la garde imaginaire
Sur la terre de leurs boyaux,
Attendant leur liberté.

Et les vieux pays sanglants
Recommencent leurs destinées.

[…]

Heures. Livre de la nuit, Genève, Éditions du Sablier, 1919.

Léon Lahovary (1884-1938)

Le Sourire des blessés

Ils sourient. Ils ont vu la mitraille et les balles.
Les orages subits et les brusques rafales,
Ni le canon crachant l'obus, semant la mort,
Ne les ont fait frémir et reculer. L'effort
Pour chasser l'ennemi fut rude et méritoire.
Ils ont eu la plus belle et plus juste victoire.
Ils sourient. Ils ont fait leur devoir bravement.
[...]
« En avant ! Jusqu'au bout ! » sera leur dernier cri.
S'il le faut, cœurs vaillants et figures joyeuses,
Ils iront se planter devant les mitrailleuses,
Et donner leur suprême et magnifique effort,
Et monter à l'assaut, et sourire à la mort !

Le 24 octobre 1914

Léon Lahovary (1884-1938)

Ballade des Sénégalais

Je flâne au tiède et clair soleil.
Devant sa guérite, j'admire
Un grand noir aux plus noirs pareil,
D'un noir impossible à décrire.
Ses dents blanches, je les vois luire.
Ils sont drôles et fort laids,
Mais aux Teutons ils savent nuire,
Les fiers et bons Sénégalais !

Chacun d'eux rêve, en son sommeil
Au vaste désert, et respire,
En fixant l'horizon vermeil,
L'haleine d'un brûlant zéphire.
Bonnet sang-de-bœuf qui m'attire,
Capote bleue aux gros ourlets,
Ils ont avec ça « le sourire »,
Nos fiers et bons Sénégalais !

Les lourds Teutons, à leur réveil,
Ils sont pressés de les occire.
L'air s'embrase. Barde, un conseil !
Pince les cordes de ta lyre.
Eux vont saluant sans rien dire
Les nurses au profil anglais…
L'amour, l'amour est le martyre
Des fiers et bons Sénégalais !

Envoi
Nourrices dont le cœur soupire,
Du seuil fleuri de nos chalets,
Pour cavaliers daignez élire
Les fiers et bons Sénégalais !

Nice, février 1915

La Jonche, poèmes de l'année glorieuse (1914-1915), Paris, Librairie académique Perrin et Cie, 1916.

Marc Larreguy de Civrieux (1895-1916)

Debout les morts !

Laissez-les donc dormir en paix,
Ces morts ! Que vous ont-ils donc fait,
Pour être pourchassés dans leur funèbre asile.
Après avoir porté le faux
De tant de maux et de forfaits,
Après s'être damnés pour vos haines civiles,
Avoir sacrifié leur jeunesse et leur sang,
N'ont-ils pas droit que le passant,
À leur trépas compatissant,
Les laisse enfin pourrir tranquilles ?
Laissez-les donc dormir en paix,
Sous la terre glacée et les gazons épais,
Dans le bon nirvâna de leur suprême pose !
Afin qu'ils ne sentent jamais
Le ver en eux qui se repaît
Et par qui, lentement, leur chair se décompose !
Afin que jamais plus ils ne rouvrent leurs yeux,
Et qu'ils oublient ce monde odieux,
Au néant éternel et miséricordieux,
Où leur cadavre repose !

Septembre 1916, à Robert-Espagne, près Verdun,
peu avant sa mort.

La Muse de sang, Paris, Société mutuelle d'édition, 1920.

Jean Le Roy (1894-1918)

Instant de clarté

Je sens, comme un fantôme,
derrière moi,
un homme
plus grand que moi
et qui pèse sur mes épaules ;
et puis derrière, un autre ;
et puis, derrière celui-là
d'autres hommes échelonnés ;
et puis, toujours plus grands, des géants en sommeil
qui de moins en moins éclairés
par le soleil,
se reculent dans l'ombre :

mes ancêtres depuis les premiers temps du monde.

Devant moi, j'en sais d'autres :
un plus petit d'abord, et puis un plus petit ;
d'autres, d'autres qui sont mon fils puis ses fils.

Ils s'endorment dans le passé —
ou s'enfoncent dans l'avenir.

Et maintenant, un seul existe :
moi.
Un seul existe et c'est mon heure,
mon heure à moi.
Il n'en est qu'un dans la lumière.

[...]

Le Prisonnier des mondes. Poèmes, Paris, Société d'éditions Mansi & Cie, s.d.

Lucien Linais (1885-1948)

La Solitude

Dans le calme du soir qui descend, une longue plaine s'est élevée.
D'un groupe de cadavres, un homme s'est péniblement dégagé.
Dans l'ardeur du combat, ses compagnons l'avaient oublié.
Les brancardiers l'avaient cru mort.
L'erreur était facile parmi tant de victimes.
Plusieurs heures de combat ont effacé de sa mémoire le souvenir de la terrible minute
Il semble perdu.
Son regard, troublé, erre dans la plaine infinie, comme en un désert.
C'est la solitude.

Peu à peu, ce qui l'entoure, sa large blessure, l'air frais du crépuscule, lui ont fait recouvrer ses sens.
Un à un, les événements de la matinée renaissent en son esprit.
C'est d'abord le hurlement des mille gueules d'acier ;
C'est l'élan fougueux de la vague délirante, puis, l'opiniâtre résistance des futurs vaincus.
C'est, tour à tour, l'affreuse mêlée, l'indescriptible chaos, l'entrechoquement des masses ivres de gloire.

Puis... l'obus fatal, l'aveuglante gerbe de feu, le souffle brutal qui l'a jeté à terre...
Puis... plus rien... le néant... jusqu'à son réveil dans l'âpre solitude.

De grimaçants visages l'entourent,
Chacun d'eux lui est connu, tous étaient ses compagnons.
Leur édifiante pâleur dit ce qu'ils sont.
Leurs noms s'échappent de ses lèvres.
L'écho, seul, répond.
L'âcre odeur du sang l'écœure.
Il comprend et il tremble.
Un frisson, inconnu jusqu'alors, glisse en sa chair.
C'est la peur, fille de l'âpre solitude.

Fixement il scrute l'horizon où peut naître un sauveur.
Rien n'y bouge... Rien n'y bruit.
Au ciel le soleil agonise, lui aussi, dans une mare de sang.

Alors, la consolation remonte au cœur de l'homme.
L'astre et lui souffrent du même mal, ils sont deux à connaître la même douleur.
Et l'homme oublie sa grande solitude.

Aisne, avril 1917

Lucien Linais (1885-1948)

L'Instinct

L'homme s'est approché du créneau,
C'est à son tour d'y prendre la garde.
Ce soir il y est venu plus allègrement que de coutume,
Son âme est pourtant moins légère que son pas.
Sa conscience ne lui a pas laissé sa tranquillité habituelle ;
Il a besoin de solitude, de beaucoup de solitude...
La nuit seule est propice aux bas instincts de l'homme,
Durant sa faction de jour, il a vu, non loin de la tranchée, un cadavre ;
La dépouille d'un volontaire de la veille ;
Un de ceux qui se sont spontanément offerts pour la « mission délicate » ;
Un héros...
Le regard de la sentinelle s'est longuement attardé sur ce corps ensanglanté.
Il a remarqué qu'à un doigt brille un bijou.
Il faisait trop clair alors...
La nuit seule est propice aux bas instincts de l'homme.

La pudeur, un instant, l'a retenu à son poste.
La peur aussi.
Mais la tentation a fait s'effacer son dernier scrupule et a raffermi son courage.
Maintenant, il a la force d'être lâche.

La tranchée déserte le rassure… il sort dans la plaine ;
Il rampe jusqu'au moribond, détenteur du trésor.
Le ciel demeure obstinément noir…
La nuit seule est propice aux bas instincts de l'homme.
Ses mains s'égarent sur la chair glacée,
Le bijou convoité résiste, comme s'il était rivé au doigt qui le porte.
Un geste brutal a eu raison de la main crispée.
Le silence reste profond.
L'homme, satisfait, retourne à son poste…
La nuit seule est propice aux bas instincts de l'homme.

Aisne, 1917

Lucien Linais (1885-1948)

Le Sang

La ruée sauvage eut lieu.
Les cadavres, trop nombreux pour être comptés, se coudoient.
Au dire des chefs, le résultat est heureux.
Quelques mètres de terrain ont été conquis.
C'est un peu de la grande victoire espérée.
C'est aussi une page de gloire.
L'histoire s'enrichit.
Le sol, lui, n'a plus soif.
On l'a saoulé de sang.

Les canons, surchauffés, se sont tus.
Les survivants reprennent possession d'eux-mêmes.
Un peu de lucidité leur est rendue.
L'un d'eux, le plus vaillant, n'a pas encore compris.
Le silence qui l'enveloppe à présent, le terrifie davantage que la bourrasque.
Stupidement il contemple l'œuvre accomplie.
Les morts, la plèbe bouleversée, tout ce qu'a détruit la rafale, éveille lentement la raison du dément.
Il reste étonné du rouge qui l'entoure.
Son arme, ses vêtements, tout ce qu'il porte et touche, est couvert de sang.

Avant l'attaque, il s'ignorait.
Souvent il s'était imaginé la minute tragique, vers laquelle le conduisait, fatalement, la haine des hommes.
Il redoutait alors de n'être point un héros.
Tout son passé d'amour et de bonté lui garantissait mal le succès de son arme.
Mais l'épreuve est rassurante. Il a été sublime.
Ses mains répondent de sa valeur et de son courage,
Elles sont ruisselantes de sang.

La fierté l'a fait un moment redresser le torse,
Mais de l'ombre est descendue dans son cœur.
Un trouble indescriptible a voilé sa satisfaction première.
Quelque chose de visqueux, comme de la honte, s'est répandu dans son être.
Il a l'impression qu'une source tiède coule en sa chair, avec un bruit de sanglots.
Le remords envahit son âme, comme un fleuve de sang.

Lucien Linais (1885-1948)

La Boue

[...]

Aujourd'hui, pour atteindre le but où doit décider le sort, il faut franchir la nappe gluante.
Sans hésiter il avance.
Déjà ses chevilles, ses genoux, sa taille elle-même, ont disparu dans la fange.
Il marche avec peine, mais l'effort lui coûte peu.
Ivre d'ambition et d'orgueil, il va, poursuivant, tel un dément,
Son rêve dans la Boue.

À mi-chemin, il s'arrête,
Ses membres n'obéissent plus à sa volonté, ils semblent avoir pris corps avec le sol.
Vaines sont ses tentatives, superflus sont ses efforts.
Chaque mouvement le fait s'enliser davantage.
Un juron s'échappe de ses lèvres.
Il a compris,
Il a compris où l'a conduit sa soif de gloire ;
Il a compris que tout espoir est désormais inutile ;
Il a compris que son âme, avant sa chair,
S'était souillée de Boue.

Verdun, novembre 1916

Lucien Linais (1885-1948)

Le Poste de secours

L'attaque n'était point attendue ;
L'orage l'était moins encore.
De sombres nuages ont subitement obscurci le ciel,
Il pleut à torrents, les vêtements collent à la chair et l'eau ruisselle dans la tranchée.
Aussi soudainement, la terre est secouée d'un long frisson.
L'ennemi, une fois encore, cherche à briser les lignes.
Les obus s'ajoutent à la pluie.
Éclatement, cris aigus, crépitement des armes, tout rivalise.
L'infernale chanson emplit l'atmosphère.
C'est une ruée de l'implacable haine.
Ici, à l'ombre de la rouge et sainte croix, on a compris.
On sait, on attend.
On attend les membres arrachés, les plaies affreuses qu'il faudra panser ;
On attend les derniers mots de ceux qui s'éteindront là,
C'est le refuge étroit, où n'entre pas la haine.

Le premier fardeau de sang et de boue arrive ;
D'autres suivent... puis d'autres encore... beaucoup d'autres.
C'est le défilé des martyrs.
Certains ont préféré se traîner seuls ;

Il est toujours long d'attendre du secours.
Il en est qui meurent à la porte
De ce refuge étroit, où n'entre pas la haine.

Il pleut toujours désespérément :
Les obus se succèdent sans fin.
Les blessés se pressent sur le seuil,
Les couchés attendent dans la fange.
Tous ont peur à présent, la morsure du fer a sur tous le même empire.
Ils ont hâte à pénétrer...
En ce refuge étroit, où n'entre pas la haine.

Ravin de Vaux, novembre 1916

Lucien Linais (1885-1948)

La Débâcle

Nuitamment, ils sont venus par cette même route.
Des villes ou villages traversés, ils n'ont vu que les spectres aux membres déchiquetés.
Les ruines des maisons ressemblaient, alors, à des fantômes en cortège.
L'angoisse mordait les âmes et faisait oublier le froid.
Les nuits d'insomnie n'avaient pourtant point altéré leur volonté ;
Un peu de tristesse, seulement, baignait leur cœur,
Ils allaient endiguer la vague.

Au jour naissant, l'adversaire ouvrait le feu ;
L'âpre bataille de la veille reprenait avec rage :
Flux nouveaux, d'une nouvelle lame.
Les canons hurlaient de toutes parts,
Le soleil montait dans l'azur, comme pour mieux voir, d'en haut, la tragique mêlée.
Les hommes, alors, endiguaient la vague.

Mais l'ennemi avait rassemblé trop de haine dans ce coin de terre.
Trop de forces aussi.
Le crime s'épanouissait.
Ce qui se passe en ces instants ne s'écrit pas.
Les fauves sont moins cruels.

La Camarde, saoule, arrachait stupidement à la muraille humaine ses pierres les meilleures ;
La base, elle-même, devait bientôt s'écrouler.
Les hommes, alors, n'endiguaient plus la vague.

Maintenant, convaincus de leur infériorité, ils fuient.
Ils fuient, abandonnant tout au flot qui les submerge.
Ils fuient, comme s'ils avaient peur, ces héros.
La honte les accompagne, mais il ne leur appartient plus d'espérer.
Ils fuient... ils fuient... ils fuient...
Les hommes sont, alors, emportés par la vague.

Chauny, le 23 mars 1918

Les Minutes rouges, Jarville-Nancy, imprimerie Arts graphiques modernes, 1926.

Henry de Montherlant (1895-1972)

I

À un aspirant tué

Une étoile noire a lui
Là où fut ton cœur.
Il y a fête aujourd'hui
Dans tes profondeurs.

Messagères du silence
Qui venez, venez, venez,
Rendez-le à l'innocence
Maternelle où il est né.

Tu en as fini que l'on te punisse,
Tu en as fini, misérable enfant.
Dépassés la croix et le calice.
Entré dans le Rien éblouissant.

Ruissellement de son sacrifice,
Coulez à jamais, mêlé à mon sang.
Qu'il ne craigne plus que je le trahisse.

Elle passera, la guerre, songe immense,
Avec ses noms de régulatrices.
Je trouverai bien une autre souffrance.

Henry de Montherlant (1895-1972)

II

Il dort, oh ! il dort.
au milieu des combats.
À chaque endroit de son corps,
je trouve son cœur qui bat.

Encor quelques jours, encor
quelques jours ce cœur battra.
Dors, mon petit vivant, dors,
dors autant que tu pourras.

Henry de Montherlant (1895-1972)

III. La Sape

Je sais le secret de n'avoir plus peur :
il est d'être ainsi près de toi.
À droite, à gauche, ici, là-bas,
s'épanouissent les atroces fleurs.
Et je répète à mi-voix :
« Que je meure, que je meure,
comme ça, comme ça... »

Ne te découvre pas.
Tu seras mort dans une heure.
Il ne faut pas prendre froid.

« Trois poèmes de guerre », dans *Encore un instant de bonheur*, Paris, Grasset, 1934.

Anna de Noailles (1876-1933)

À mon fils

Mon enfant, tu n'avais pas l'âge de la guerre,
Tu n'eus pas à répondre à ce grand « En avant »,
Pouvais-je me douter, quand tu naissais naguère,
Que je te destinais à demeurer vivant ?

Trois ans, quatre ans de plus que toi, les enfants meurent,
Car ce sont des enfants, ces sublimes garçons,
Bondissant incendie au bout des horizons,
Tandis que ton doux être auprès de moi demeure,
Et qu'au son oppressant et délicat des heures
Ta studieuse voix récite tes leçons.
— Et voici qu'une année aisément recommence !
Mon cœur, de jour en jour, est moins habitué
À la mystérieuse et sanglante démence,
Et je songe à cela, d'un cœur accentué,
Cependant qu'absorbé par l'Histoire de France,
Tu poses sur la table, avec indifférence,
Ta main humble et sans gloire, et qui n'a pas tué...

Janvier 1915

Anna de Noailles (1876-1933)

La Jeunesse des morts

Le Printemps appartient à ceux qui lui ressemblent,
Aux corps adolescents animés par l'orgueil,
À ceux dont le plaisir, le rire, le bel œil
Ignorent qu'on vieillit, qu'on regrette et qu'on tremble.
— Ô guerrière Nature, où sont ces jeunes gens ?
Quel est ton désespoir lorsque saigne et chancelle
La jeunesse, qui seule est fière et naturelle
Et brille dans l'azur comme un lingot d'argent ?
Ces enfants, bondissant, partaient, contents de plaire
Au devoir, à l'honneur, à l'immense atmosphère,
Aux grands signaux humains brûlant sur les sommets.
Ils dorment, à présent, saccagés dans la terre
Qui fera jaillir d'eux ses rêveurs mois de mai...
— Songeons, le front baissé, au glacial mystère
Que la Patrie en pleurs, mais stoïque, permet.

Ils avaient vingt ans, l'âge où l'on ne meurt jamais...

Les Forces éternelles, Paris, Fayard, 1920.

Pierre Paraf (1893-1989)

L'Offrande

Puisque le sang pleut goutte à goutte
Auprès des abris éventrés,
Puisque c'est l'heure où l'âme écoute
Monter en soi le flot sacré,

Puisque c'est le jour de Souffrance
Où nous surgirons du tombeau,
Dans l'ouragan de flamme, ô France,
Je me donne à toi pour cadeau !

Je te donne ma chair meurtrie,
Mes bras de grenade encor lourds,
Et mon âme ardente, ô Patrie,
Qui n'avait connu que l'Amour.

Pour que tu sois libre, j'abdique
Ma vie à ton autel vainqueur,
Et pour ta fête, ô République,
Je fais l'offrande de mon cœur.

Regarde… on sort ses croix de guerre,
Et les bataillons alignés
Se sont tapis dans la Lumière…
Les créneaux se sont écroulés

Nous allons bondir dans l'arène ;
Comme un histrion pour César...
Sur les entonnoirs de la plaine,
On verra s'enfuir les brancards...
Vois... le geste des Capitaines
Pour l'irréalisable Départ !

Regarde... les boyaux frémissent...
Et les crapouillots ont rugi.
Pour ton clair poète, ô Patrie,
Mets l'âcre saveur de l'orgie
Dans la coupe du Sacrifice !

Quand les vagues l'une après l'une
Auront bondi, d'amour gonflées,
Ô République, emporte-les
Jusqu'au ciel de la Demi-Lune,
Victoire, étends sur moi ton voile
Et sur mon cœur accroche un jour
Ta médaille en forme d'Étoile
Pour me payer de mon Amour.

Offensive de la Somme, 4 septembre 1916

Sous la terre de France, Paris, Payot, 1917.

Gabriel Pierre-Martin (1882-1918)

Saint Poilu

Non, Saint Poilu n'est pas sur le calendrier,
Il n'est pas embusqué dans les canons de Rome,
Mais il connaît, parbleu, les canons de la Somme,
Des Flandres et de l'Aisne ; et comme il sait crier :

« Vive la France ! » avec ses poumons et son âme,
Comme il est camouflé, tout entier, ce ciel bleu,
Comme le sang qu'il verse est couleur d'oriflamme,
Saint Poilu se débrouille à la Cour du Bon Dieu.

Saint Poilu… c'est au front tout le monde et personne,
C'est tantôt celui-ci, c'est tantôt celui-là,
C'est le premier poilu venu qui, sur un plat,
Vous sert une victoire avant que charge sonne.

Saint Poilu… c'est un et tout maigre et tout boueux,
Hirsute et pas rasé, mais d'une telle allure,
Qu'il dépasse Saint Louis, Charlemagne et ses preux,
Et que Français jamais n'eut si noble figure.

Poème publié dans Jacques Béal, *Les Poètes de la Grande Guerre*, Paris, 1992.

Léonard Pieux (1887-1950)

8 septembre 1917

J'ai fait une chute effroyable
Sa trace brûle encore les espaces étoilés
Mon compagnon gant sanglé de toutes ses prudences
Descendit à l'aide d'un parachute
Je le vis planer dans la sérénité de l'air
Sans tourner la tête il regagna la terre
La joie de sa fête

Mon crâne rebondit sur les rails
Un train passa à côté
Impétueux souvenir déjà brûlé
Quelqu'un cria que la beauté ne meurt jamais

Qui me berça pendant ma chute
Qui me montra le silencieux déplacement des étoiles
Illimitée la confiance remplaça l'affreux de cette déchéance
Elle recula confuse l'attentat fut manqué

Pourvu que le soleil réchauffe la terre le plus longtemps possible
C'est tout ce que désire le simulacre de l'homme qui me remplace ici
J'apprends les nouvelles formules de la vie
Je connais le violent repli du cœur et de la pensée

Et nulle part nulle part ! je ne cherche à attacher mon attention ni mon regard

Je n'attends personne
Toutes les portes peuvent s'ouvrir et se refermer
Sans me troubler
Toute cette vue de parachute
Ce compagnon tout bleu dans les espaces déserts
Tout cela m'a forgé le cœur dur et fier
Diffus dans la joie de sa durée.

Poème publié dans la revue *Sic, Sons Idées Couleurs Formes*, n°s 42 et 43, 30 mars et 15 avril 1919.

François Porché (1877-1944)

Le Poème de la tranchée

La veille

[...]

Le jour

I

Quatre éclairs brillent sur un bois ;
Quatre coups rageurs partent à la fois ;
Le ciel jette un grand cri, Dieu remonte et s'efface
Rien que les hommes face à face.

Quatre autres coups, brefs, irrités,
Emportent dans leur vent les brumes de l'aurore,
Puis quatre encore,
Précipités.

Le jour se lève : on entend battre
Tous les fléaux quatre par quatre.
L'épi sur l'aire éclate au loin.
Chaque fléau bat dans son coin.

Tous, soixante-quinze et quatre-vingt-dix,
Ceux-ci sonnant comme une cloche,

Ceux-là voix dure, œil sans reproche,
Aciers gris de la veille, aciers noirs de jadis,
Le cou tendu, tapent ensemble
Droit devant eux :
Le rocher tremble
Comme un meuble boiteux.

Hors des caissons, sous les ramures,
Les obus frais, luisants comme des pommes mûres,
Sortis à la hâte un par un,
Vont en terre promise exhaler leur parfum :
De main en main passe et repasse
Le même fruit,
Dont le départ émeut l'espace
Du même bruit.

Les torses en nage,
Les leviers ardents
Sont comme les dents
D'un seul engrenage ;
Un fil de laiton
Nasille dans l'herbe,
Le tir prend un ton
Toujours plus acerbe ;
Les cils rapprochés,
Le pointeur se penche ;
Sur les prés fauchés
La fumée est blanche.

[…]

Le fortin perd son épaule,
Le pin s'abat sur le saule,

La lèvre des entonnoirs
Brûle et miaule.

Pointillés de lueurs, d'épais tourbillons noirs
Déroulent sous les vents de grands rideaux obliques.

Les pilons broient la forêt.

Le soleil, comme au temps des colères bibliques,
Trébuche et disparaît.

Soudain, du sol ouvert,
Haute de cent pieds, blanche, étourdissante,
Une gerbe s'épanouit :
Dans sa montée et sa descente
Un blockhaus vert
S'évanouit.

À présent dans le vacarme
On ne distingue aucun son.
Un choc arrache une larme,
Un autre imprime un frisson.

Au troisième, de l'oreille
Sort une goutte vermeille…

L'air n'est plus, gris pâle ou bleu,
Ce vin léger, ce délice,
Mais, solide, un bloc de feu
Qui brusquement craque et glisse.

II

Dans le boyau d'attaque, un pied sur les gradins,
Lents, pareils à des morts réveillés dans leur tombe,
Tous se haussent pour voir, à chaque obus qui tombe,
Voler les sacs et les rondins.

Sur les rampes du ciel les trains sinistres roulent,
Ferraillant et sifflant, jusqu'aux butoirs, là-bas...
Dans un nuage ocreux les parapets s'écroulent,
Mais les cris ne s'entendent pas.

Pétards à la ceinture ou baïonnette prête,
Ils attendent, l'œil pâle, assourdis à moitié ;
Le casque bas leur fait à tous la même tête,
Plate, fermée à la pitié.

Rien ne subsiste en eux qu'un grand désir farouche.
La femme à ce moment ne reconnaîtrait plus
L'homme qui tant de soirs a gémi sur sa bouche.

Ils escaladent les talus.

[...]

L'herbe veut qu'on la nettoie.
Va, l'homme en bleu, cherche, fouille,
Mais que ton bras s'apitoie
Quand l'homme en gris s'agenouille.

Les fossés sont pleins de morts,
Va toujours, piétine, enjambe ;

Le ruisseau rougit ses bords
La nuit tombe et le ciel flambe.

Des feux brillent, blancs et verts,
Et tes forces sont usées.
Comment vois-tu l'univers
À la clarté des fusées ?

Comment sous l'inclinaison
De ces pâles lueurs brèves
Te vois-tu, toi, ta maison,
Tes amis, tes anciens rêves ?

De ton âme d'autrefois
Que reste-t-il à cette heure ?
Un corps se traîne, une voix
De plus en plus faible pleure...

Les mains grattent la terre, un jet brûlant qui poisse
Inonde les cuirs en lambeaux.
Nous te crions, Seigneur, qu'auprès de cette angoisse
L'ombre est douce dans les tombeaux.

L'horreur de seconde en seconde
Grandit avec la flamme et les gémissements.
Les bataillons fourbus sont séparés du monde
Par des rideaux d'éclatements.

L'énorme vague sombre un instant repoussée
Vient au pied des coteaux écumer à son tour.
La Nuit avec fureur s'est soudain redressée
Pour effacer l'œuvre du Jour.

Trois fois, de front, en masse, en épaisseurs funèbres,
En rangs lourds et serrés,
Ceux-ci disparaissant dans d'opaques ténèbres,
Ceux-là brusquement éclairés,
Trois fois les hommes gris escaladent la pente
En vain,
Trois fois près du sommet leur colonne serpente
Et retombe au ravin.

[…]

Jusqu'à ce que, là-bas, comme une eau se retire,
Laissant des flaques sur les prés,
Les derniers hommes gris, les épaules penchées,
Aient disparu dans les fourrés,
Et qu'au-dessus des morts, des poutres arrachées,
Des portiques croulants, des arbres abattus,
Les hurlements de l'air un par un se soient tus.

Le lendemain

La pluie épaisse dans la nuit
Partout piétine à petit bruit…

L'un grelotte
Et l'autre sanglote,
Et le troisième se tient coi.

— Qui es-tu, toi ?
Le troupeau perdu se dénombre.

Combien sont-ils ?
Au bord de l'ombre,
Clignant des cils ?

Combien sont-ils dans la souffrance
Sur ce sommet ?
Combien sont-ils dans l'ignorance
Du simple cœur qui se soumet ?

Ils sont en vie :
Ils auraient faim
Sans cette envie
De dormir, de dormir sans fin.

[...]

Découvrons-nous devant ces hommes.
Sachons, indignes que nous sommes,
Rester près d'eux à notre rang ;
Aimons en eux la France même,
Comme il convient ici qu'on l'aime :
D'un amour grave et déférent.

[...]

Janvier-mai 1916

Le Poème de la tranchée, Paris, Gallimard, 1916.

Henry Poulaille (1896-1980)

C'est mon tour de garde aujourd'hui

C'est mon tour de garde aujourd'hui
Les heures de nuit ne vont pas vite
Et c'est mon début cette nuit.

Je suis assis dans ma guérite
J'en ai, oh ! un rien, une « paille » !
De 10 heures jusqu'à minuit,
Il fait froid, je m'ennuie et bâille.

C'est le silence autour de moi
Aucun bruit ne vient de la ville,
Tous, et tout est en sommeil
Il n'est pas un chien qui ne dorme.

Hélas… Et il faut que je veille
Des prés, la route, des champs ; pourquoi ?
Ça se garderait bien sans moi !

Et dans un silence de tombe
Sans même la lune pour « calbombe »
Je m'emmerde, sous la neige qui tombe.

1916

Henry Poulaille (1896-1980)

Aux femmes d'usines

> « Tournez, tournez chevaux de bois. »
> Verlaine

Tournez, Mesdames, allez sans émoi
Les beaux obus que vous faites pour
Votre pitance. Encore et toujours
Ne réfléchissez pas au pourquoi

De la guerre. Si à vous mains blanches
La graisse noire, de l'ennui vous cause
Dites-vous bien que la bête est la pose
De ce noir s'égaient vos dimanches.

Tournez l'obus, sans nul haut-de-cœur
Tant pis pour ceux qu'il déchire ou broie
Au diable tout sentiment ou foi
Pourvu que « les nôtres » soient vainqueurs !

C'est étonnant comme ça vous saoule
Le tour semble une gente bête
Ça va sans nul cassement de tête
Pas plus qu'ailleurs, au fond, l'on se foule.

Tournez ces choses meurtrières dont
Vous ne saurez jamais rien, vous
Qui les faisant touchez des gros sous
En aurez-vous, demain, le pardon ?

Entre nous, pouviez-vous mieux faire ?
Pour le renom du drapeau tricolore.
Tournez, tournez des obus encore
Que sur nos têtes bruisse leur tonnerre.

Tournez, tournez il en est besoin.
Il faut en masse des munitions.
Tournez, tournez votre ouvrage est bon
Surtout, apportez-y tout le soin.

Que vos mains peuvent encore, femmes…
Allez, allez, que pas un ne loupe
C'est pour le cinéma et la soupe.
Ah ! qu'il est doux de n'avoir plus d'âme !

Oui, votre place était là, au tour
Vous sûtes bien ce qu'il fallait faire
Vous qui jadis étiez tout amour
Vous approvisionnez notre enfer !

Ces obus grâce à vous voient le jour
Quel bel ouvrage. Oh ! nos mamans,
Tournez-en mille et plus, prestement,
Tournez-en vite encore et toujours.

Ceux-ci pour « ces vaches d'Allemands »,
Pour nous ceux-là qui seront trop courts
Là-bas, en face, on fait mêmement.
Tournez, nos sœurs, nos femmes, nos mamans...
Mille et mille encore et toujours.

Versigny, 1917

Pain de soldat, 1914-1917, Paris, Grasset, 1937.

Henri de Régnier (1864-1936)

Imagerie

« Je reviens de la grande guerre,
La grande guerre des poilus,
Aussi ma jambe ne va guère
Ou pour mieux dire ne va plus ;

« Je suis le bon soldat de France
Que salua l'Alsace en pleurs
Et dont le pantalon garance
Et l'une de nos trois couleurs ;

« Je suis le soldat de la Marne
Sur qui la Patrie a les yeux,
Car en lui revit et s'incarne
L'âme immortelle des aïeux ;

« Sur l'Yser, la Meuse et la Somme,
En Champagne comme à Verdun,
J'ai su me battre homme contre homme
Mieux que le Boche à trois contre un,

« Et pour démolir ma carcasse
Et m'étendre dans le sillon,
Il a fallu, un jour de casse,
Plus lourd que mon pesant de plomb.

« Mais une balle, sans problème,
M'a fait payer en une fois
Ce qu'il faut donner de soi-même
Pour la médaille et pour la croix.

« C'est ainsi qu'a fini la guerre,
Pour moi, mais qu'importe, bons Dieux,
Que ma jambe n'aille plus guère
Si la France s'en porte mieux ! »

1914-1916, Poésies, Paris, Mercure de France, 1918.

Pierre Reverdy (1889-1960)

Fronts de bataille

Sur le rempart où tremblent des ruines on entend un écho de tambours. On les avait crevés. Ceux d'hier se répondent encore.
La nuit finie, le bruit dissipe les rêves et les fronts découverts où saigne une blessure.
Au milieu des fumées les hommes sont perdus et déjà le soleil transperce l'horizon.
Qui sonne la victoire ? La charge bat pour ceux qui sont tombés !
Un trompette rallie des lambeaux d'escadrons et la fumée soutient les chevaux dont les pieds ne touchent plus le sol.
Mais celui qui les aurait peints n'était plus là.

Pierre Reverdy (1889-1960)

Bataille

Dans la poitrine, l'amour d'un drapeau décoloré par les pluies. Dans ma tête, les tambours battent. Mais d'où vient l'ennemi ?
Si ta foi est morte que répondre à leur commandement ?
Un ami meurt d'enthousiasme derrière ses canons et sa fatigue est plus forte que tout.
Et, dans les champs bordés de routes, au coin des bois qui ont une autre forme parce qu'il y a des hommes cachés, il se promène, macabre comme la mort, malgré son ventre.
Les ruines balancent leurs cadavres et des têtes sans képis.
Ce tableau, soldat, quand le finiras-tu ? Ai-je rêvé que j'y étais encore ? Je faisais, en tout cas, un drôle de métier.
Quand le soleil, que j'avais pris pour un éclair, darda son rayon sur mon oreille sourde, je me désaltérais, sous les saules vert et blanc, dans un ruisseau d'eau rose.
J'avais si soif !

Pierre Reverdy (1889-1960)

Soldats

Après la charge, après la ronde je rentre dans ma chambre dont la porte demeure ouverte.
Un autre soldat que moi dort dans la même pièce.
Quand je me réveille, en sursaut, j'ai peur. Quelqu'un parle haut. Je croyais être seul et une main touchait la mienne.
Le même cauchemar qui nous unissait nous réveilla.

Poèmes en prose, 1915, dans *Œuvres complètes*, t. 1, Paris, Flammarion, 2010.

Lucien Rolmer (1880-1916)

L'Apparition

C'est dans la nuit qu'a prise l'Aisne
Pour descendre vers le sommeil
Ma flamme vivante et lointaine,
Que remonte en moi ton soleil.

Accoudé devant une lampe
Qui rêve dans l'obscurité,
Le doigt posé contre ma tempe,
Je te retrouve, ô ma beauté.

Je songe à la rade azurée
Des grands yeux que je t'ai connus
Et je revois, mon Adorée,
La lumière de tes bras nus.

Les forces qui m'ont éloigné
M'enracinent au bord du gouffre ;
Tes baisers se sont effeuillés…
Qu'il a fait noir et que je souffre !

Mais que ce jour sera câlin…
Il est velouté de corolles ;
Si l'air a la douceur du lin,
C'est qu'il imite tes paroles,

Le matin s'ouvre et ses lueurs
Se balancent sur la contrée ;
L'orient a pris la couleur
De tes lèvres, mon Adorée.

Ô ciel ! je sais que la saison
De nos belles heures écloses
Ne sourit plus à l'horizon
Où s'entr'ouvre ta bouche rose.

Ces roses et ces orchidées
Qu'un esprit forme dans la brise
T'auront sans doute regardée,
Absente dont mon cœur se brise !

Et dans ce printemps ranimé,
Dans la tiédeur qui me caresse,
Tes yeux bleus, tes yeux bien-aimés,
Sont le parfum de ma tristesse.

Je songeais hier à mourir,
Je n'en éprouve plus l'envie, —
J'ai vu dans le ciel refleurir
L'âme des jardins de ma vie.

Décembre 1915

Chants perdus, Paris, Éditions de La Flora, 1938.

Sylvain Royé (-1916)

L'Assaut dans le matin

Une clameur ! et puis dans le chemin, ouvert
Comme une plaie étroite au flanc de la colline,
Avec un bruit de pas, de feuilles et de fers,
Trouant le calme bleu de ce matin d'hiver,
L'assaut impétueux des hommes se dessine.

S'accrochant aux talus, aux pierres, aux halliers,
Ils montent, dédaigneux du claquement des balles.
Leur tumulte bondit de sentier en sentier
Et raconte aux échos des coteaux éloignés
Leur émouvante audace et leur force totale.

Parfois l'un tombe, sans un cri, front en avant,
Labourant de son poing tendu la terre humide,
Mais le clairon sonne la charge dans le vent,
Comme un oiseau lourd de victoires, s'élevant
D'un coup d'ailes au-dessus du courage qu'il guide.

Chacun sent, exalté d'un même enivrement,
Une invisible main le saisir à la gorge,
Chacun n'est qu'un espoir, qu'un geste, qu'un élan,
Et l'instant merveilleux fait crisser sous les dents
La fièvre du succès que leur vaillance forge.

Ô juvénile orgueil de n'être qu'un désir
Tendu vers le hasard comme une flèche agile,

Souple effort délirant, indomptable plaisir !
Limiter au hasard entre vaincre ou mourir,
Sans possible recul et sans peurs inutiles.

Et dans le ciel de nacre où glisse le frisson,
Lointainement tremblant par-delà les chaumières,
D'un angélus pleurant sa paisible oraison,
L'aurore épanouit au fond de l'horizon
Le sang des combattants en roses lumières.

1er décembre 1914

Sylvain Royé (-1916)

La Rose blanche

Je vous envoie, ô bien-aimée, entre ces pages
La rose blanche du jardin abandonné.
Malgré le deuil des pétales déjà fanés,
Acceptez-la pour le parfum qu'elle dégage.

Je l'ai cueillie, au fond du parc, en vous rêvant,
En vous rêvant toute charmante et toute sage ;
Et je la glisse, ô bien-aimée, entre ces pages
Où j'abandonne en mots pressés mon cœur fervent.

Autour de moi c'était la lutte inexorable.
On se battait de la terrasse au petit bois.
Mais à présent c'est le silence autour de moi.
L'ombre d'un pin s'immobilise sur le sable.

Et s'il y a sur un pétale un peu de sang
Ne croyez pas — je vous en prie — aux pires choses.
Impatient de posséder la blanche rose...
Je me serai... piqué les doigts en la cueillant !

17 juin 1915

SYLVAIN ROYÉ (-1916)

Sonnet à la classe 1915

O mes frères de France, enfant hier encor
Et qui saurez demain le vent de la mitraille,
En vous c'est notre espoir qui naît et qui tressaille
Et qui monte d'un coup pour le plus bel essor.

Vous avez eu ce don formidable du sort
D'être formé au chant même de la bataille,
Et chaque jour qui fait dans nos cœurs une entaille
Grandit votre devoir en comptant plus de morts.

O douloureux exemple et tâche illimitée,
Ceux qui vous devançaient lèvent, ensanglantée,
Leur face pathétique où déjà l'ombre point,

Et, tremblant de laisser la revanche incertaine,
Vous tendent brusquement, pour le porter plus loin,
Leur flambeau de désir, de courage et de haine.

Le Livre de l'holocauste, 1914-1916, Paris, Garnier, 1937.

GASTON DE RUYTER (1895-1918)

Voici les froides nuits aux creux de la tranchée
Et les longues factions, nerfs crispés, l'œil au guet ;
Et voici les retours, sans glaive et sans trophées,
Des soldats harassés, farouches et muets.

Voici les mois perdus déroulant, monotones,
La plainte quotidienne aux matins sans soleil ;
Voici l'église nue où les cloches ne sonnent
Que pour l'annonce encor d'un éternel sommeil.

Voici l'âpre contrée où l'enfer et le feu
Font, d'un gamin d'hier, la carcasse d'un homme ;
Et voici les corbeaux se disputant, furieux,
Cette carcasse encor jusqu'en son dernier somme !

Mon cœur, pourquoi pleurer l'envol des clairs matins
Et les baisers ardents, et les chaudes caresses,
Et l'extase infinie où des mains dans mes mains
Attendaient le réveil tremblant de ma tendresse ?

N'es-tu pas satisfait, soldat, de tant d'orgueil
Et de force brutale aux chants fiers de ta haine ?
Regarde, sous tes pieds, s'entr'ouvrir le cercueil
Et consume ta force à libérer tes chaînes !

Tranchées de Dixmude, le 2 octobre 1917

Chansons ardents, poèmes, Paris, Jouve, 1917.

André Salmon (1881-1969)

1.

Parti en guerre au cœur de l'été
Vainqueur au déclin de l'automne
Titubant d'avoir culbuté des tonnes
Et des tonnes
D'explosifs sur le vieil univers patiemment saboté,
Tu vas avoir quarante ans,
Tu as fait la guerre,
Tu n'es plus l'homme de naguère
Et tu ne seras jamais l'homme que fut à cet âge ton père.

Tu as avec ton couteau de tranchée
Une nuit molle d'ombres
Quand le ciel n'était que le vomissement fuligineux de la terre se consumant
Titubant à genoux parmi les betteraves hachées,
Langues pourries,
Les dépouilles et les décombres,
Les morts de la journée et les reliefs du dernier festin avant la tuerie,
Coupé jusqu'au moignon les ailes pathétiques du temps.
Ton heure c'est l'heure H
Que tu lis sur une montre sans art pareille à cent mille pareilles

Que les petits enfants se collent à l'oreille,
Chef-d'œuvre de l'industrie à bon marché,
Riche d'une inscription
Qui suffit à tes dévotions :
    Fonquevillers
    [...]
    Et aussi
    66e Bat^{on} Chas. Pied.
    [...]
Tu es l'homme de la victoire plus terrible
Que la défaite
De ton père et la défaite pire
Du père de ton père ;
Que la République était belle
Sous l'Empire !

[...]

6.

Pitié sur tant de gloire gémissante
Pitié sur ces corps douloureux qu'habillent
Des guenilles
Cousues d'étoiles !
Pitié sur cette gloire infirme et titubante,
Ô mère en deuil de quinze cent mille fils,
Ô veuve étouffant sous quinze cent mille voiles !
Parmi les lauriers-roses du jardin idyllique
Enfants, voici l'Aveugle et le Paralytique !
Enfants, voici le grand frère
Dans la voiture du petit frère !

Il faut pousser fort, il est lourd
Bien qu'on ait coupé les deux jambes au beau fantassin ;
Quel âge a-t-il ?
Ô mère en deuil de quinze cent mille fils,
Ô veuve étouffant sous quinze cent mille voiles
Dans la neuve chaleur du printemps pacifique !
Les chefs avaient mêlé les jeunes et les vieux,
Les pépères avec les bleus,
Les jeunes enseignant des refrains nouveaux aux anciens
Et l'accent du Manceau donnait à rire aux Parisiens.
Mais un démon dans la bataille,
Compteur frauduleux de tailles,
Inscrivait au visage des jeunes les rides des plus vieux ;
Quel âge a-t-il ?
L'enfant admire et s'épouvante ;
Quel âge a-t-il, mère des morts et des mourants par eux encore vivante ?
L'obus a chu sur la margelle du bassin,
L'eau sans remous s'est écoulée
Comme leur sang et comme un jour s'en sont allées
Les jambes infatigables du fantassin.
Que je te hais mon beau jardin !
Que je te hais pour leur souffrance !
Petit enfant de France,
Quel âge as-tu
Toi qui t'attristes ou qui t'étonnes ?
Est-ce un canon qui encore tonne,
Une cloche qui sonne ?
Dis, petit enfant, qu'entends-tu ?
Dis, à quels jeux joueras-tu,

Petit enfant de France, petit enfant de Prusse ?
À quel jeu nouveau, mon enfant, joueras-tu
Avec le petit Boche, avec le petit Russe,
Enfant qui t'arrêtes de courir
Pour regarder revivre ou remourir
Le grand frère
Aux guenilles cousues d'étoiles,
Avec sur la face comme l'ombre d'un voile,
Dans la voiture du petit frère ?...

L'Âge de l'humanité, Paris, NRF, 1921.

Philippe Soupault (1897-1990)

Départ

L'heure
Adieu

La foule tournoie
un homme s'agite
Les cris
des femmes autour de moi
chacun se précipite me bousculant
Voici que le soir tombant
j'ai froid

Avec ses paroles j'emporte son sourire

Philippe Soupault (1897-1990)

Les Mois

Depuis des heures le soleil ne se levait pas
une lampe faible et les seize lits rangés   la routine
mais pas seulement la routine   l'esclavage
Quelques éclairs réguliers
Couché sur mon lit j'écoutais la joie des autres esclaves
et le bruit de leurs chaînes
Ils passent se raidissent et chantent
Une figure se penche
Figure-toi   tu ne peux pas savoir
La nuit augmente jusqu'au lever du soleil
Une gare   une gare

L'oubli

Oh j'ai chaud
Il fut le premier médecin qui vint près de moi
HOPITAL AUXILIAIRE 172
Des regards une toux   la routine
mais pas seulement la routine l'esclavage
chaque jour un chant très doux
libres vous m'écoutiez
Il fut le deuxième médecin
Il écouta ma respiration et battre mon cœur
Ses cheveux sont noirs et gris

Au son du gramophone les jours passèrent et dansèrent la routine
mais pas seulement la routine l'esclavage
je sortis pour aller vivre

Une lettre
Le chant est plaintif aujourd'hui
elle a beaucoup de fièvre ce soir
les yeux surtout les yeux
Le roulement du métro effraya les jours qui s'en allèrent
à la file indienne

Il semble que le soleil baisse
L'heure
Vingt-deux lits d'où hurlent quelques-uns
Tiens je m'assois par terre   encore longtemps
Il fut le troisième médecin
il écouta ma respiration et battre mon cœur
Allez   Il était chauve
Il faut se baisser pour passer
le couloir est gris et les carreaux cassés   un arbre
l'herbe pousse près des murs sales
Liberté
je jette sur le boulevard toute ma fatigue
Les fenêtres ferment leurs verticales paupières
Mes souvenirs bondissent dans ce calme
farandole
et je vous prends la main
Qu'êtes-vous devenus compagnons
la brume épaisse   aveuglante
Sans attitudes   des visages

L'autre jour vendredi je crois tu m'abordas
Tes yeux étaient pleins de souvenirs
mais tu avais perdu ton nom
Nous nous étions crispés ensemble
et je te serrai la main en y laissant ce poème

Poèmes et poésies, 1917-1973, Paris, Grasset, 1973.

Paul Valéry (1871-1945)

La Jeune Parque

> « Le ciel a-t-il formé cet amas de merveille
> Pour la demeure d'un serpent ? »
>
> Pierre Corneille

Qui pleure là, sinon le vent simple, à cette heure
Seule, avec diamants extrêmes ?... Mais qui pleure,
Si proche de moi-même au moment de pleurer ?

Cette main, sur mes traits qu'elle rêve effleurer,
Distraitement docile à quelque fin profonde,
Attend de ma faiblesse une larme qui fonde,
Et que de mes destins lentement divisé,
Le plus pur en silence éclaire un cœur brisé.
La houle me murmure une ombre de reproche,
Ou retire ici-bas, dans ses gorges de roche,
Comme chose déçue et bue amèrement,
Une rumeur de plainte et de resserrement...
Que fais-tu, hérissée, et cette main glacée,
Et quel frémissement d'une feuille effacée
Persiste parmi vous, îles de mon sein nu ?...
Je scintille, liée à ce ciel inconnu...
L'immense grappe brille à ma soif de désastres.
Tout-puissants étrangers, inévitables astres
Qui daignez faire luire au lointain temporel
Je ne sais quoi de pur et de surnaturel ;

Vous qui dans les mortels plongez jusques aux larmes
Ces souverains éclats, ces invincibles armes,
Et les élancements de votre éternité,
Je suis seule avec vous, tremblante, ayant quitté,
Ma couche ; et sur l'écueil mordu par la merveille,
J'interroge mon cœur quelle douleur l'éveille,
Quel crime par moi-même ou sur moi consommé ?...
... Ou si le mal me suit d'un songe refermé,
Quand (au velours du souffle envolé d'or des lampes)
J'ai de mes bras épais environné les tempes,
Et longtemps de mon âme attendu les éclairs ?
Toute ? Mais toute à moi, maîtresse de mes chairs,
Durcissant d'un frisson leur étrange étendue,
Et dans mes doux liens, à mon sang suspendue,
Je me voyais me voir, sinueuse, et dorais
De regards en regards, mes profondes forêts.

J'y suivais un serpent qui venait de me mordre.

[...]

La Jeune Parque, Paris, NRF, 1917.

Émile Verhaeren (1855-1916)

Les Zeppelins sur Paris

21 mars 1915

Sous les étoiles d'or d'un ciel ornemental
Glissent les Zeppelins dans la clarté hardie
Et le vent assaillant leurs parois de métal
En fait luire et siffler l'armature arrondie.

Un but sûr, mais lointain, les hèle et les conduit ;
Et tandis qu'ils ne sont encor qu'ombre et mystère
Leur vol énorme et lourd s'avance dans la nuit,
Et passe on ne sait où, au-dessus de la terre.

Les plaines et les bois se dérobent sous eux
Et les coteaux avec leurs fermes suspendues
Et le bourg et la ville aux étages nombreux
D'où leur présence proche est soudain entendue.

Aussitôt jusqu'au Sud, et de l'Est et du Nord,
S'émeut et retentit le télégraphe immense ;
La menace est criée et la vie et la mort
Organisent partout l'attaque ou la défense.

De toutes parts est perforé l'espace gris ;
Des foyers de lumières en tous coins se dévoilent
Et leurs barres de feu vont ramant sur Paris
Avant de remonter se cogner aux étoiles.

Ceux qui guident le vol des navires, là-haut,
Voient luire à leurs côtés la grande Ourse et les flammes
D'Hercule et d'Orion, d'Hélène et des Gémeaux,
Et s'estomper au loin le Louvre et Notre-Dame.

La ville est à leurs pieds et se tasse en sa nuit
Et se range et s'allonge aux deux bords de la Seine ;
Voici ses palais d'or et ses quais de granit
Et sa gloire pareille à la gloire romaine.

L'ivresse monte en eux et leur orgueil est tel
Que rien jusqu'à leur mort ne le pourra dissoudre.
Ne sont-ils pas à cet instant les rois du ciel
Et les dieux orageux qui promènent la foudre ?

Ils bondissent dans l'air lucide ; ils vont et vont,
Évoquant on ne sait quel mythe en leur mémoire
Et creusent plus avant un chemin plus profond,
Dites, vers quel destin de chute ou de victoire.

Les projecteurs géants croisent si fort leurs feux
Qu'on dirait une lutte immense entre les astres
Et que les Zeppelins se décident entre eux
À déclencher soudain la mort et les désastres.

Pourtant jusqu'à Paris aucun n'est parvenu.
Avant qu'un monument ne devienne ruine
Ils s'en sont allés tous, comme ils étaient venus
Avec le coup de l'échec dur en leur poitrine.

Ils n'ont semé que ci et là, de coins en coins,
La mitraille qu'ils destinaient au dôme unique
Où dort celui qui les ployait sous ses deux poings
Et les dominait tous, de son front titanique.

Et, peut-être, est-ce lui qui les a rejetés
Du côté des chemins où la fuite s'accoude,
Rien qu'à se soulever, lentement, sur son coude
Tel que pour le réveil Rude l'avait sculpté.

Émile Verhaeren (1855-1916)

À ras de terre

Hélas ! en aucun lieu sous le soleil,
Bannière au clair, ne s'exaltent les chevauchées
Des escadrons bondissants et vermeils.
Tout se passe là-bas, en des plaines transies,
En France, en Allemagne, en Belgique, en Russie,
Où face à face sont couchées
Mille troupes se surveillant
De tranchée à tranchée.

Certes un jour, l'élan et la fureur
Décideront et du vaincu et du vainqueur.
En attendant,
C'est un serpentement
Qui bouge et rampe et s'allonge sous terre.

On circule dans le mystère,
L'œil et l'oreille au guet, le pas aventureux ;
Tout le travail se fait secret et ténébreux ;
La vaillance se mue en témérité sombre ;
On se sent le complice et le soldat de l'ombre ;
On ne se parle guère ; on ne pousse aucun cri ;
On creuse le sous-sol jusques à la nuitée
Et l'on attend patiemment
Que l'ennemi surpris,
Sinistrement, soit enfoui
Sous la terre éclatée.

Oh ! les moments de trouble et les heures d'ennui !
On les subit
Et l'on bougonne :
Tout est uni et morne et n'exalte personne.
Il est même des jours
Où l'on se sent si las, si lourd,
Et d'humeur si contraire,
Que l'on voudrait soudainement
Peu importe comment
Finir la guerre.

[…]

Ainsi,
Partout en France, en Allemagne, en Russie,
Et plus loin en Égypte, et plus loin en Asie,
La même guerre,
En attendant le branle-bas
Des suprêmes combats,
Condense immensément sa fureur sous la terre.

Tandis qu'au-dessus d'elle à travers l'air, là haut,
L'obus siffle sans cesse et le shrapnell éclate
Avec un bruit heurté de lattes contre lattes ;
On dirait dans la nue un tonnerre nouveau ;
Le ciel n'est que bouquets de flammes suspendues
Dont les fleurs sont la mort en tous sens répandue.

Et dès que le jour fuit,
La nuit
Se balafre des feux errants de cent désastres,

Si bien qu'aux horizons tempétueux,
Les yeux
Croient voir lutter entre eux
Et se heurter et se casser
En deux
Les astres.

Émile Verhaeren (1855-1916)

Les Usines de guerre

Avec les mille éclats de ses mille tonnerres,
Se glissant sous le sol, ou montant vers les cieux,
Avec tous ses marteaux, ses enclumes, ses feux,
La fumante industrie enveloppe la guerre.

À la voir s'exalter derrière chaque front
En des usines d'or sous les hautes murailles,
On dirait un orage innombrable et profond
Auquel un peuple immense immensément travaille.

Fonte rouge, qui peu à peu deviens acier,
Lorsque tu sors soudain, éblouissante et nue
Comme un sang de soleil de tes sombres cornues,
Tu éclaires, le soir, le pays tout entier.

L'ombre longue subit tes lueurs successives :
Et c'est le champ, et c'est la mare, et c'est le bois,
Et c'est au loin la grange et l'étable massives
Et la ferme d'en haut dont s'allument les toits.

[...]

De pesants cubes d'or promènent leur lumière
Au ras du sol, avant de se fixer dûment
Sous la chute précise et sous le poids fumant
Des marteaux s'abattant au long de leurs glissières.

L'obus, d'un seul coup net, se creuse et s'emboutit.
De place en place, on le polit, on le travaille ;
On le bourre à foison de plomb et de mitraille
Et la charge s'endort pour s'éveiller en lui.
[…]

Oh ! le geste des mains et des doigts ramassé
Autour du tournoiement de l'acier et du cuivre,
Et les cris des métaux, que leur souffrance enivre
Et qui chantent à se sentir martyrisés

Et s'accordent déjà avec la chanson rouge
Et les cris des soldats qui se ruent pour mourir
Et pour donner leur sang joyeux à l'avenir,
Quand passe la victoire et que le destin bouge.

[…]

Les Ailes rouges de la guerre, Paris, Mercure de France, 1919.

Paul Verlet (1890-1923)

Les Caissons

La nuit!... Vautrés à droite, à gauche de la route,
Comme un troupeau sans maître, on dort... C'est la déroute.
Rampent-*ils*, là, tout près?... Viendront-*ils* jusqu'à nous?...
Ah! dormir!... A-t-on faim? A-t-on soif? On s'en fout.
On s'en fout de crever. On peut rêver qu'on mange;
Mais dormir, un instant, comme un porc dans sa fange!
On a voulu sauver la France : *on ne peut plus!*
Nos pieds sont en lambeaux comme ceux de Jésus
Quand pour la paix du monde il montait son calvaire...

« Rangez-vous! »... Soudain, trombe, enfer, fracas, tonnerre.
C'est un chaos mêlé de caissons, de canons,
De chevaux écumants fouillés à l'éperon...
Tout s'estompe... On n'est plus qu'un tas gris de poussière.
Dans le ciel monte, toujours, qui traînent en passant
Des relents de pieds gras... Au loin, torches de sang,
Fumée aux crêpes lourds, les fermes embrasées...

Un homme gueule, fou, les jambes écrasées!

Pouillon, décembre 1914 (souvenir de Belgique)

PAUL VERLET (1890-1923)

« Vae victis ! »

> « Car notre âme est humiliée jusqu'à la poussière et notre ventre est collé à la terre. »
>
> David, Psaume XLIII, v. 25

Affamés, on traînait, sans pain, depuis trois jours.
De chaque trou de mur, de chaque carrefour,
Mauvais, on fusillait leurs vautours d'avant-garde.
On sentait dans son dos les géants de la garde.
On reculait, sans chefs, sans courage, à la fin ;
On était las, on était triste, on avait faim !
Bon Dieu, qu'on avait faim ! J'aurais rongé les croûtes,
Fouillé les détritus… J'entrais sous chaque voûte,
Dans chaque enclos. Des chats miaulaient, oubliés.
Partout du linge à terre et des meubles fouillés.
J'appelais : rien de rien. Le soir glissait, timide,
Et mon bidon rageur cognait ma hanche, vide.
Les ruisseaux étaient nets, les fumiers bien rangés
Et tous les os des chiens avaient été rongés.
La vigne vierge en fleur et, grimpantes, les roses
Riaient d'un air de fête au front des vitres closes.
Le joli coin de paix ! Je ne l'oublierai pas.

Et j'aperçus alors, trottant à petits pas,
Une vieille aux yeux gris, un vieux de taille forte
Qui fixaient leurs volets. Donc je poussai la porte ;
Honteux, vite, je dis qu'il me fallait du pain,
Qu'on se battait pour eux, que je crevais de faim !
Ils ont crié : « Feignant, ça n'a donc pas de mère,
Que ça fuit lâchement sans défendre la terre ! »
Et, comme je sortais timidement de l'or,
Me crachant au visage, ils m'ont flanqué dehors !

Abris de Thil, octobre 1914 (souvenir de Belgique)

Paul Verlet (1890-1923)

Les Civils

File des exilés, calvaire interminable :
Vieux qui pleurent, prostrés ; enfants brisés, minables...
Pâleurs, sueurs, jurons, poussière, soleil d'août.
Essieux, timons brisés ; au sol, chevaux, à bout...
« Arrière, les civils ! »... Fourgons, cavalerie,
Caissons, blessés, caissons en trombe, artillerie...
Parfois panique : un cri : « Les uhlans ! les uhlans ! »
Puis le troupeau reprend l'exode atroce et lent.

Sous un chariot plein, de l'écume à la bouche,
Les yeux blancs, une femme, affreuse à voir, accouche.

Par les champs piétinés, par les clos dévastés,
Des vaches aux pis lourds errent en liberté.

Des porcs gras et fangeux dans nos rangs déambulent.
Divaguant, un aïeul galope et gesticule.

Des heures, las, passifs, ceux qui fuyaient, hagards,
Se rangent pour la troupe, et le troupeau repart.

Un obus est tombé sur ce coin de déroute.
Une flaque de sang s'étale sur la route.
À genoux, des parents font un encombrement.

Une petite rit, bavarde ; sa maman,
Près du cheval ouvert, gît, blafarde, éventrée.
La famille, qui veut rester, hurle, éplorée.
La petite à pleins bras embrasse ses jouets.
Un gendarme les chasse à grands coups de fouet.

Tranchée de la Courtine, route 44, octobre 1914
(souvenir de Belgique)

Paul Verlet (1890-1923)

Soir calme

Le ciel dort écrasé par son immensité
Déprimante, énervante, ô fin de jour d'été
Si lourde en nous !...
                    Mièvres douceurs, haleines roses !...

Je sais par cœur cet horizon : les choses,
Les branches, les réseaux, les pistes des guetteurs,
Le piège en entonnoir, l'œil sournois des hauteurs.

La voix ample est d'airain, tel l'écho qui ricoche
Sur l'eau grave, et s'en va mourir, de proche en proche.

On attaque ce soir. Bah ! plus tard ou plus tôt !...
« Gradés, aux revolvers ! — Caporaux, aux couteaux ! »
Détails minutieux d'avant : les camarades
Contrôlent, à genoux, les piles de grenades,
Les cartouches en tas ; singe, boules de pain,
Tout le long du boyau, sautent, de mains en mains.
Outils au dos. Magasin plein. Essai des masques.
On va ranger encor ses lettres dans son casque !
Chaque détail surgit. Les lignes sont plus près.
Un sapin dentelé, d'encre, semble un cyprès
Qui dénombre ses morts. Des ombres inquiètes
Fuyant le soleil las, en s'étirant des crêtes

Font saillir les objets taillés au découpoir
Où chaque plan retient une touche de noir.

Crépuscule bleuté, velouté de tendresse...
Langueur molle aux tiédeurs lascives des caresses...
Silences que soudain heurte un coup de mort bref...
Choses que marque au front le deuil des reliefs...

Juillet 1915

Paul Verlet (1890-1923)

Après

> « Aux regards d'un mourant le soleil est si beau ! »
>
> Lamartine, *L'Automne*

Ceux qui n'ont pas chargé, gueule au vent, furieuse,
Face à rien, face à tout, droits, face aux mitrailleuses,
Par la boue et le sang, par le feu, sans rien voir
Volontés contre acier, ne peuvent pas savoir
La jouissance unique, égoïste, de vivre
Après...
    Pleurer d'amour, danser comme un homme ivre,
Embrasser les copains qui passent...
                          « Je reviens !
« C'est à moi les clartés, les chants des couleurs !...
                            — Tiens !
« Tes frères qui dès l'aube, en leur élan superbe
« Bondissaient, ventre en l'air, sont là, couchés dans l'herbe.
« — Hélas ! je sais, hélas, mais moi, je vis, moi, *Moi !*
« J'ai là toute mon âme !...
                          — À la prochaine fois ! »
La mort, sournoisement lâche, ignominieuse,
Qu'on pare d'oripeaux et d'ailes glorieuses,
Qui fauche les meilleurs, seule, ici-bas, la mort

Que la jeunesse folle et la foi de nos corps,
Ont cherchée et vaincue et baisée et sentie,
Fait qu'on garde un amour sensuel de la vie.

Tranchées de la Ville-au-Bois, mai 1915

Paul Verlet (1890-1923)

Bleu, blanc, rouge

Dans les ronces, plié, depuis deux mois, déjà,
Raidi, pend ton corps, tel qu'un mauser le figea.
Chaque nuit, mort damné, brave et bon camarade,
Les bombes, les fusants et les deux fusillades,
Avec acharnement, reviennent te faucher.
Jamais *ils* n'ont permis qu'on aille te chercher.

Dans ce chaos des deux réseaux qui s'enchevêtrent,
Dans ce jour qui, crûment, te profile, à dix mètres,
Par Toi, déchiqueté, mon frère aux sept douleurs,
Soudain, j'ai lu le sens écrit des trois couleurs :
Bleu paisible du ciel que raidit ta capote,
Blanc de ton front de marbre, eau pourpre qui clapote !

Et, seul, j'ai salué par le trou du créneau
Ton corps décomposé, plus vivant qu'un drapeau.

Tranchées du Mont-Doyen, mai 1915

Paul Verlet (1890-1923)

La Mort dans la feuillée

> « Que Dieu serait cruel s'il n'était pas si grand ! »
>
> Lamartine, *Les Oiseaux*

Vous, les écrivassiers des batailles épiques
De la guerre qu'on fait à l'Opéra-Comique,
Charges au grand galop, tous les morts en avant
Avec la grosse caisse et les drapeaux au vent,
(Faut bien manger, je sais, vous êtes journalistes,
Mais votre prose, ici, nous rend si las, si tristes !)
Et vous les fabricants des lettres de poilus
Dont les concierges ont pleuré quand ils ont lu
Tous ces : « Debout les Morts ! », ces Zim ! Boum ! Boum ! de foire,
(Nous avons plus de crasse et de poux que de gloire !)
Désirez-vous corser d'un brin de vérité
Le menu de vos cœurs délicats ? — Écoutez !

Ce soir-là, nous avions la plus rude des tâches.
Ils nous contre-attaquaient sans répit, sans relâche ;
Couteau, grenade au poing, jusqu'aux genoux dans l'eau,
Harassés, cramponnés, nous tenions le boyau.

À ma droite, luttait un fameux camarade.
Je l'observais, précis, projetant sa grenade ;
Il était beau vraiment, souple, puissant et vif ;
Et puis, c'était un brave, un tenace, un sportif.
C'est là qu'un éclat lui vint labourer la face :
Bruit mat des chairs, cri sourd, une paisible masse
Qui s'effondre, avec un geste d'adieu, dans l'air :
Ce fut toute la mort d'un ami brave et cher.
Le clair de lune était venu baiser la joue
Du lutteur terrassé pour toujours dans la boue.
Et c'est ainsi, messieurs, que mon athlète est mort,
Beau comme un marbre antique après le rude effort,
Beau comme la jeunesse aux fleurs ensoleillées,
Criant : « Vive la France ! » au fond d'une feuillée.

Et les ravitailleurs, portant le pain de loin,
Écartèrent son corps pour faire leurs besoins.

Pourtant tous ils sont morts et morts pour la patrie,
Que ce soit au grand jour ou bien dans l'eau pourrie !
Et s'ils n'ont pas connu l'adieu d'un clair matin,
Le prêtre et les discours, insultez leur destin !
Mais tous, tous ces héros sont bien morts pour la France,
Semeurs de mêmes deuils et de mêmes souffrances
Que ceux-là dont les croix, les honneurs solennels
Ont rendu la mémoire et le geste immortels.
Il est passé, le temps des cadets de Gascogne,
Et nos pauvres soldats morts contre une charogne
Ont un linceul si beau dans l'ordure et l'oubli
Qu'il tient tout notre amour et leur ciel dans ses plis !

Hôpital 95, Paramé (souvenir des mêlées du Labyrinthe), juin 1915

Paul Verlet (1890-1923)

Vivre !

Dans l'eau d'un trou d'obus, blotti de longues heures,
Se courber sous la mort qui rôde, siffle, effleure ;
Buter sur les corps chauds des nôtres froidissant,
Ramper, tracer au sol un sillon de son sang ;
Haletant, se heurter à *leur* ligne qui braille,
S'aplatir, salué par toute la mitraille,
Aveuglé de clartés, cinglé par leur *Wer da ?*
Crier tout entier : « France ! » au divin « Halte là ! »
Brisé, s'évanouir dans le poste d'écoute ;
En lambeaux, épuisé, vouloir finir sa route,
Sentir tout s'effondrer et défaillir, hagard ;
Pitoyable, prier qu'on amène un brancard,
À bout, le crâne en feu, glisser dans une flaque,
Laisser bondir sur soi toute la contre-attaque...

Mais vivre ! être vivant ! hurler à chaque pas !
Souffrir ! vivre ! crier qu'ils ne vous auront pas,
Que c'est fini, qu'on va s'endormir à l'arrière,
Qu'on aura tout l'amour et les mains de sa mère,
Qu'on saigne par sa chair, qu'on n'est pas abattu,
Qu'on pourra se venger et qu'on s'est bien battu !
Les nerfs exacerbés, quand le major te panse,
Trembler, rire, chanter, jouir par ta souffrance,
Communier avec l'aube aux ors triomphants,

Fou, beau, sanglant, et pur comme un petit enfant !
Accueillir, en extase, avec des pleurs de joie,

La bénédiction du soleil qui flamboie !

De la boue sous le ciel, Paris, Librairie Plon, 1919.

Paul Verlet (1890-1923)

La Retraite

Toujours on fuit, toujours ! Révolte ! Désespoir !
Par quel regain de force est-on debout ce soir ?
Le sol honteux de nous se masque de sa brume.
Le crépuscule est chaud comme un meurtre qui fume.
Sanguinolent, souillé, le manteau du couchant,
Traînant ses loques d'or, s'alanguit sur les champs.
Des nuages gonflés de leur menace enjambent
Les torchères de deuil des villages qui flambent.
Comme pour insulter les corps vautrés des morts
D'un gâchis de sabbat plus somptueux encor,
Les ogives du ciel s'incurvant en volutes
Abîment sur nos fronts leur titanesque chute.
Du fond de l'infini jusqu'à notre horizon
Le sang fait un mur rouge à la terre en prison ;
Il coule, en cascadant, des fissures des voûtes
Et gicle sur les mains de Caïn, goutte à goutte.
Les râles des mourants célèbrent les douleurs.
Rauques, des obusiers vomissent de l'horreur.
Des spectres mutilés s'égorgent par les plaines ;
Leur écume de mort bave encor de la haine.
Et nous fuyons, courbés ; les sacs sur nos képis
Luisent, cliquetis sec, fer-blanc dans les épis.
Bouclier pailleté, la lune qui se lève,
Objet de cotillon, sourit à tous ces glaives.
Comme d'un abcès mûr le cortège du Mal

Jaillit des flancs du ciel et se rue, infernal :
Chars de mort, tourbillons d'instincts hideux qui passent...
Nous fuyons, haletants, éperdus de menaces...
Terre et ciel alliés nous pèsent sur le dos !...
Larves dans cet enfer, fétus dans ce chaos...
Et sous l'embrasement étincelant des nues,
Nous trimbalons, grelot falot, nos âmes nues,
Trébuchant sur les morts, engrais des champs de blé,
Maudissant le Destin qui ce soir a mêlé,
Dans ce bouillonnement de meurtre et de misère,
Le sang vermeil au sang noir de la terre.

Paul Verlet (1890-1923)

Le Copain

On t'a porté, la nuit, par la marne pouilleuse.
Tes bonshommes pleuraient. Leurs rudes mains pieuses,
Timides, t'effleuraient, comme un petit qui dort ;
Leurs genoux cadencés ballottaient ton front mort,
Et ton sang clair coulait le long de nos chaussures.

Ta capote n'avait qu'une croix pour parure,
Les étoiles du ciel regardaient par ses trous !...

Mais nous sommes tombés, pour prier, à genoux,
Quand j'eus pris sur ton cœur les lettres de ta mère,
Et qu'on vous eut mis, toi, puis ta jeunesse, en terre.

Et, fermant pour toujours les clartés de tes yeux,
J'ai, simplement, comme auraient fait les pauvres vieux,
Mon héros de vingt ans, baisé ta chair de marbre !

Et j'ai laissé ton âme à l'âme des grands arbres !...

Poèmes publiés dans Ernest Prévost et Charles Dornier, *Le Livre épique. Anthologie des poèmes de la Grande Guerre*, Paris, Librairie Chapelot, 1920.

Mobilisation

La guérite, lourd cercueil
Ouvert debout, à la pluie ;

Le portillon de la grille
Qu'on ne franchit pas sans frémir,
Qu'il vous livre ou qu'il vous délivre ;

Le poste de police et son bat-flanc :
Sommeil de forçats, traqué par la lampe ;
Tourment du concierge à cartouchière ;
Bêtise et néant des consignes.

Ah ! rien n'est changé depuis mon « service » ;
C'est toujours la dure écurie des hommes ;
C'est toujours ton règne ô coaltar funèbre,
Dans les chambrées comme aux latrines.

Horreur ! Les maîtres de céans
Ce sont toujours les capitaines de ton temps :
Ces deux qu'on nommait Bostock et Ravachol.

Tels qu'autrefois pendant l'exercice,
Au milieu de la cour je les retrouve
Piaffant par jeu, changeant de cambrure,
Posant pour la botte, posant pour le poil

Et pour le poitrail si plein de sa croix :
La croix des quinze ans de service et de manille.

Nation armée ! vois-les qui te regardent
Entrer chez eux comme au pénitencier.

Va, ne crains pas qu'ils t'accompagnent
Demain, le long des bois hantés
Où les balles coupent les branches.

Ils te garderont peu de jours :
Le temps de te rendre étouffants
Les habits qu'ils vont te remettre ;
Le temps que s'humilie et tremble
Le paysan qui les nourrit ;
Le temps que leur bêtise offense
Plus d'un homme qui va mourir.

Ils te conduiront à la gare
Et rentreront dans leur caserne,
Pour que la Caserne demeure.

Rapporte-leur, quand tu reviendras,
Ô Nation armée, le pompon de gloire
Le nouveau pompon dont ils seront gardiens
Et que seuls ils sauront dignement arborer.

Charles Vildrac (1882-1971)

Relève

À notre place
On a posé
Des soldats frais
Pour amorcer
La mort d'en face.

Il a fallu toute la nuit pour s'évader.
Toute la nuit et ses ténèbres
Pour traverser, suant, glacé,
Le bois martyr et son bourbier
Cinglé d'obus.

Toute la nuit à se tapir,
À s'élancer éperdument,
Chacun choisissant le moment,
Selon ses nerfs et son instinct
Et son étoile.

Mais passé le dernier barrage,
Mais hors du jeu, sur la route solide,
Mais aussitôt le ralliement
Aux lueurs des pipes premières,

Dites, les copains, les heureux gagnants,
Quelle joie titubante et volubile !

Ce fut la joie des naufragés
Paumes et genoux sur la berge
Riant d'un douloureux bonheur
En recouvrant tout le trésor ;

Tout le trésor fait du vaste monde
Et de la mémoire insondable
Et de la soif qu'on peut éteindre
Et même du mal aux épaules
Qu'on sent depuis qu'on est sauvé.

Et l'avenir ! Ah ! l'avenir,
Il sourit maintenant dans l'aube ;
Un avenir de deux longues semaines
À Neuvilly dans une étable…

Ah ! les pommiers sont en fleur !
Je mettrai des fleurs dans mes lettres.
J'irai lire au milieu d'un pré.
J'irai laver à la rivière.

Celui qui marche devant moi
Siffle un air que son voisin chante ;
Un air qui est loin de la guerre :
Je le murmure et le savoure.
Et pourtant ! les tués d'hier !

Mais l'homme qui a trébuché
Entre les jambes de la Mort
Puis qui se relève et respire

Ne peut que rire ou sangloter :
Il n'a pas d'âme pour le deuil.

La lumière est trop enivrante
Pour le vivant de ce matin ;
Il est faible et tout au miracle
D'aller sans hâte sur la route.

Et s'il rêve, c'est au délice
D'ôter ses souliers pour dormir.

À Neuvilly, dans une étable.

Charles Vildrac (1882-1971)

Printemps de guerre

J'étais boueux et las
Et le soir dans les bois
M'étreignait la poitrine.

Je m'étais étendu
Sur un sombre tapis
D'herbes froides et lisses.

Un papillon d'argent
Errait dans l'air inerte
Avant d'aller mourir.

Des troncs d'arbres gisaient,
Sciés depuis l'hiver ;
Mais il surgissait d'eux
Des pousses condamnées,

De tendres pousses vertes
Qui regardaient le ciel
Et croyaient au bonheur.

Pour le cœur, nul repos ;
Pour l'âme, nul sourire
Que celui de la mort !

Je me suis relevé,
J'ai regardé, stupide,
L'herbe longue brisée par le poids de mon corps.

Je me suis mis en marche.

Charles Vildrac (1882-1971)

La Grange

Quand tu étais étendu sur le dos,
Dans l'immense grange,
Au pied des piliers à peine équarris
Comme sous des arbres,

À la lueur des falots tu voyais
Jaillir jusqu'au faîte
Le branchage beau et plein de raison
Des vieilles charpentes.

Les deux pans du toit s'unissaient là-haut
Dans l'ombre profonde,
Où les araignées depuis cent années
Pendaient leurs doux voiles.

Tu n'avais rien vu durant de longs jours
Qui ne te fis honte ;
Rien que des besognes de ravageurs
Et des sacrilèges.

D'où tu revenais, rien ne subsistait
Des foyers que l'homme
Avec tout son art et d'infinis soins,
Élevait pour l'homme.

Mais tu retrouvais ici la maison,
Belle comme un hymne !
Et le vieil amour incliné sur toi
De ses grandes ailes ;

Ainsi que les voix qui montent vers Dieu
Vont peupler l'abside,
Tes yeux habitaient tout l'espace enclos
Dans ton corps paisible.

C'était la Maison, le dernier témoin
Et le seul emblème
Pour louer encore l'œuvre de nos mains,
Nos mains criminelles.

Ton cœur exilé savait prier là
Les meilleurs génies :
Celui qui construit, celui qui laboure
Et celui qui chante.

Hélas ! Harnaché, tu partais un soir,
Docile et stupide,
Tu redevenais un lâche héros
Terré dans sa tombe.

Et quand, de retour au même repos
Tu cherchais la grange,
Tu ne voyais plus qu'un amas noirci
De bois et de pierres.

Plus que les tronçons fumants des piliers
Debout et tragiques,
Vieux accusateurs brandis devant toi !

Charles Vildrac (1882-1971)

Europe

Arbre mutilé, maintenant sois libre !

Ils avaient empoigné tes branches
Pour les cingler et les briser ensemble
Par le calcul et la rigueur de leurs pesées ;

Ils les maintenaient en branle éperdu,
Ils les tourmentaient de durs élans captifs,
Ils se disputaient tes fruits et tes feuilles
Et jusqu'à tes nids !

Ils ont fait de toi pendant vingt saisons
Un arbre d'hiver et de quel hiver !
Le sol est jonché de tes frondaisons.
Ton écorce pend en lumières blêmes
Poisseuses partout de la même sève.

Mais maintenant, veuille revivre et libre !
Mais maintenant oh ! veuille te garder !
Ton faîte est brisé mais le tronc est fort,
Mais l'espoir est fort, mais la terre est riche.
Et vois tes bourreaux : leur œuvre n'a pu
Que précipiter leur décrépitude !

Arbre écartelé par leurs convoitises,
Tes bras déchirés, tes bras ennemis
Fais-les se nouer, se croiser, s'étreindre,
Se quitter, se tordre et se prendre encore
De telle façon que tu ne sois plus
Un déploiement de forces divergentes,
Mais un seul destin, un amour, un arbre !

Chant du désespéré, 1914-1920, Paris, NRF, 1920.

LAURÉATS DU CONCOURS
DES AUTEURS DU FRONT

A. Fourtier

À la gnôle

Gnôle, je redirai tes vertus, ta puissance,
        Ta générosité.
Par toi le fier poilu connut, quoi qu'on en pense,
        Un éternel été.

Les pieds au sol glacé, le corps tremblant de fièvre,
        Vaseux, terne et blafard,
Tu le ressuscitais quand tu baisais ses lèvres
        Et tuais son cafard.

Pendant les jours sans pain et les nuits nostalgiques,
        Tu fus, gnôle de grain,
L'âpre consolatrice et l'amie énergique
        Qui racle le chagrin.

Pour bouter l'affreux Boche hors de ses taupinières,
        Quand le bras tremble un peu,
C'est toi, gnôle, qui fis les âmes plus altières,
        Les cœurs plus généreux.

Dédaignant le chiqué des liqueurs décadentes
        Et des cognacs princiers,
Gnôle, je chanterai tes vertus plus ardentes,
        Tes airs populaciers.

Avec ton affreux goût de poivre et de cannelle,
   Ton horrible saveur,
Tu fus, pour mériter ma tendresse éternelle,
   Gnôle, notre sauveur !

L. VIBERT

Quelques cartes postales

Pour une bonne à tout faire

J'ai lu dans l'*Écho de Paris*,
Au bas de la troisième page :
« Bonne n'ayant jamais servi
Cherche place dans un ménage. »

Mademoiselle, sûrement
Vous allez faire notre affaire ;
Nous cherchons impatiemment
Une jeune bonne à tout faire.

Nous renverrons notre cuistot
Car il prend trop souvent la cuite.
Donc, mademoiselle, à bientôt,
Nous vous engageons, de suite.

Nous habitons pas loin d'un col
Où parfois le Boche fourmille.
C'est au-dessous de l'entresol,
Et vous serez de la famille.

L. Vibert

Pour un embusqué

Alors, mon vieux, t'as réussi,
Sous prétexte d'un mal de gorge,
À te faire désigner ainsi
Comme tourneur, dans une forge ?

Qu'est-c' que t'étais dans le civil ?
Huissier, pédicure ou notaire ?
Et tu vas tourner paraît-il
Des obus ? C'est par *h*ordinaire !

T'as le filon : garde-le bien !
Nous, on gardera la Patrie.
Fais-toi décorer (ça fait rien !)
Comme chevalier d'industrie.

L. Vibert

Pour Ysolde, fille de joie

Pour encourager nos amours,
Le Parlement qui nous estime
A voté que, vingt-cinq centimes,
Nous seraient payés, tous les jours.

Mon Ysolde, c'est trop de chance :
Sept francs cinquante dans un mois !
Quand je vais te revoir, des fois
Que tous deux nous ferons bombance !

Notre bataillon au repos
Va redescendre dans la plaine
Vers le milieu de la semaine ;
Je t'embrasserai donc bientôt.

Car je suppose, mon Ysolde
Que tu n'as pas, ces derniers jours,
Augmenté ton tarif d'amours
Comme on augmenta notre solde !

L. Vibert

Pour un Barrès au petit pied

Oh! oui, Messieurs les journalistes
On s'amuse ici, c'est certain ;
Les poilus ne sont jamais tristes
Ils rigolent soir et matin…

Notre ordinaire est délectable
Nos couchettes sont de vrais nids.
Nous nageons dans le confortable,
La tranchée est un paradis.

« On s'amuse dans la tranchée ?… »
M'écris-tu sérieusement.
La question n'est pas tranchée…
Et je souris tout simplement…

L. Vibert

À un copain

Sur cette carte militaire,
Quelques nouvelles, simplement.
Nous sommes arrivés à R.
Tu sais où c'est assurément !

Le ciel est variable ou fixe...
Et nous sommes très occupés
Car l'ennemi voulait prendre X.
Près du ruisseau qui passe à P.

Mais l'ennemi sera vaincu
Et cela te remplira d'aise.
À grands coups de pied dans le Q.
Il descendra la cote « seize ».

À part ça mon vieux, rien de neuf
Nous continuons à nous battre.
Écris-moi secteur P. 29.
Ton ancien cuistot de la 4.

Poèmes publiés dans *Les Auteurs de la tranchée. Pages choisies des Lauréats du Concours des auteurs du front*, Paris, La Renaissance du livre, 1917.

POÈTES ANGLAIS
OU
DE LANGUE ANGLAISE

John McCrae (1872-1918)

Au champ d'honneur

Au champ d'honneur, les coquelicots
Sont parsemés de lot en lot
Auprès des croix ; et dans l'espace
Les alouettes devenues lasses
Mêlent leurs chants au sifflement
Des obusiers.

Nous sommes morts,
Nous qui songions la veille encor'
À nos parents, à nos amis,
C'est nous qui reposons ici,
Au champ d'honneur.

À vous jeunes désabusés,
À vous de porter l'oriflamme
Et de garder au fond de l'âme
Le goût de vivre en liberté.
Acceptez le défi, sinon
Les coquelicots se faneront
Au champ d'honneur.

Wilfred Owen (1893-1918)

Hymne pour une jeunesse perdue

Quel glas pour ceux-là qui meurent comme du bétail ?
    — Seule la monstrueuse colère des canons.
    Seuls les crépitements rapides des fusils
Peuvent encore marmotter leurs hâtives oraisons.
Plus de singeries pour eux, de prières ni de cloches,
    Aucune voix de deuil sinon les chœurs —
Les chœurs aigus, déments des obus qui pleurent,
    Et les clairons qui les appellent du fond de
comtés tristes.

Quels cierges portera-t-on pour leur dernier voyage ?
    Les mains des gosses resteront vides, mais
dans leurs yeux
Brûlera la flamme sacrée des au revoir.
    Le front pâle des filles sera leur linceul,
Leurs fleurs la tendresse d'âmes patientes
Et chaque lent crépuscule, un volet qui se ferme.

WILFRED OWEN (1893-1918)

Mineurs

Il y eut dans mon âtre comme un murmure,
        Un soupir du charbon
Nostalgique d'une terre plus ancienne
        Dont il gardait sans doute la mémoire.

J'entendis une histoire de feuilles,
        De fougères ensevelies,
De frondes en forêts — la vie humble et secrète
        D'avant les faunes.

Mon feu suscitait, frémissant, des fantômes de vapeur
        Sur le vieux chaudron du Temps,
Avant que les oiseaux ne fissent leurs nids d'été
        Ou que les hommes eussent des enfants.

Mais les charbons parlaient tout bas de leur mine
        Et des gémissements, au fond,
Des garçons qui dormaient d'un mauvais sommeil
        Et des hommes privés d'air.

Et je vis dans les cendres des os blancs,
        Des os sans nombre.
Tant de corps musclés, carbonisés,
        Et si peu pour s'en souvenir.

Je songeai à tous ceux qui creusaient les puits sombres
        De la guerre et mouraient,
Brisant la roche où la Mort prétend
        Que repose la Paix.

Les années consolées s'assiéront mollement
        Dans des chambres d'ambre ;
Les années tendront leurs mains applaudies
        Par les braises de nos vies.

Les siècles brûleront les riches cargaisons
        Qui nous firent gémir.
Leur chaleur bercera leurs paupières rêveuses
        Au doux son des chansons.
Mais ils ne rêveront pas de nous, pauvres garçons
        Abandonnés sous terre.

WILFRED OWEN (1893-1918)

La Parabole du vieil homme et du jeune

Ainsi donc Abraham se leva, fendit le bois et partit
Emportant avec lui le feu et un couteau.
Et quand ils se retrouvèrent ensemble, seuls tous les deux,
Isaac le premier-né parla et dit : « Mon Père,
Voyez ces préparatifs, ce fer, ce feu,
Mais où est l'agneau pour cet holocauste ? »
Alors Abraham attacha le jeune homme avec des sangles et des ceinturons,
Construisit là des parapets et des tranchées
Et leva le couteau pour tuer son fils.
Quand oyez ! Un ange le héla du haut du ciel,
Disant : « Ne porte pas la main sur ce garçon,
Ton fils, ne lui fais aucun mal.
Regarde ! Pris par les cornes dans un fourré,
Ce bélier. À sa place, sacrifie donc le Bélier d'orgueil ! »

Mais le vieil homme ne l'entendit pas ainsi, et tua son fils
Et la moitié des enfants d'Europe, un par un.

Wilfred Owen, *Et chaque lent crépuscule*, traduit de l'anglais par Barthélemy Dussert avec la collaboration de Xavier Hanotte, Bordeaux, Le Castor astral, 2012.

Siegfried Sassoon (1886-1967)

Absolution

L'angoisse de la terre absout notre regard,
Et tout ce qu'il voit resplendit de beauté.
La guerre est notre fléau, pourtant la guerre nous a mûris
Et le combat pour la liberté nous libère.

L'horreur des blessures, la colère contre l'ennemi,
La mort de nos aspirations : tout cela doit disparaître.
Nous sommes la cohorte des heureux, car nous savons
Que le temps n'est qu'une bise qui agite l'herbe.

Il fut un temps où c'est à contrecœur que nous renoncions
À notre désir, non moins fort que celui des autres, d'avoir part à la vie.
Aujourd'hui, héritiers de ce patrimoine du cœur,
Ne sommes-nous pas comblés, mes camarades, mes frères.

Avril-septembre 1915

Siegfried Sassoon (1886-1967)

Attaque de nuit

L'horrible puanteur de ces cadavres me hante,
Et je me rappelle des choses que je ferais mieux d'oublier,
Car notre colonne s'est arrêtée dans un endroit verdoyant, sans tranchées,
À vingt kilomètres de la canonnade ; des tentes brunâtres
Alignées sur l'herbe sont autant de ruches où ronflent les hommes ;
De grandes flaques brillantes bercent le ciel qui flotte à leur surface
Sous des arbres noirs et frissonnants. Ne plus vivre dans la saleté
Fait songer à de longues heures de sommeil, chez nous.

Ce soir, je sens l'odeur de la bataille. À des kilomètres d'ici
Le sourd tonnerre des canons rebondit en martelant la crête,
Les gerbes de terre soulevées par les obus creusent des fosses
Dans le champ de la mort, et des blessés gémissent dans le bois.
S'il se trouve là un ancien ami qui m'est cher,

Que dans sa bonté Dieu l'envoie à l'abri en Angleterre
avec une estafilade.

Le jour tombe sur le camp. Un jeune gars se prend à
rire
Et, levant son quart, boit à la santé
De tous les rescapés de ce cruel gâchis.
(Derrière son regard fixe se cachent l'effroi et le
délabrement.)
Un autre est assis, le visage paisible et méditatif,
En tirant sur sa pipe, il rêve de la fille
Dont il tient sur les genoux la dernière lettre
griffonnée.
La lumière pourpre et rasante du couchant tombe sur
leurs têtes ;
La semaine dernière ils auraient pu mourir,
Mais aujourd'hui ils étirent et délassent leurs membres
avec volupté.

« Ces foutus Boches, dit l'un, en ont pris un sacré coup,
Bientôt ils vont s'écraser et abandonner la partie ;
On a fini par faire déguerpir ces bougres-là ! »

Je me suis alors souvenu d'un homme que j'ai vu
Mort dans un boyau misérable et sordide,
Insensible aux pénibles pas qui le piétinaient.

C'était un Prussien : une bonne tête, si j'ose dire,
Sympathique, dans la fraîcheur de la jeunesse.
Nul doute qu'il avait horreur de la guerre, aspirait à
la paix,
Et nous maudissait pour avoir tué ses amis.

Une nuit, il passait en bâillant dans une tranchée à demi creusée.
Minuit : l'artillerie britannique ouvre le feu,
Fait exploser au ras de terre de lourds shrapnells, tandis que sifflent
Les « torpilles » pour couper les barbelés dans un fracas aveuglant.
Il ne bouge pas. Sans désemparer, le dos courbé,
Les hommes manient la pelle, creusent. L'un d'eux pousse un gémissement rauque
Et, en proie aux affres de l'agonie, meurt dans la fange.

Le sifflement strident et prolongé des obus se dissipe.
Il scrute les ténèbres : une fusée trace un arc
Et la fusillade, rageuse, crépite sur la gauche
Près du bois, puis des grenades retentissent.
Voici que, franchissant à grand-peine les barbelés, dans une laborieuse précipitation,
Émergent de l'obscurité les silhouettes de ses foutus Anglais.
On hurle, jure ; cri déchirant
Suivi d'un début de débandade dans la tranchée,
Fusils jetés bas. Il est temps de partir.
Il saisit sa capote, se dresse en avalant, la gorge nouée,
Un bout de pain, crispe les mains sur la tête, et tombe.
C'est là que je l'ai trouvé
Dans la grisaille du matin après avoir capturé la position,
Le visage dans la boue, un bras étendu dans un grand geste

Comme à l'instant où il s'était effondré, les jambes robustes
Repliées sous le tronc, les talons tournés vers le ciel.

Juillet 1916

Siegfried Sassoon (1886-1967)

Ballade

Connaissez-vous la fameuse histoire de ce Capitaine de la guerre à blanc
Qui était assoiffé de sang et de gloire au service du roi ?
Au bout d'un an sous les drapeaux en Angleterre, il est arrivé, tremblant
De frayeur et de sueurs froides à Combles la sanglante à l'heure où l'on ne parlait que de tanks.
Il a tenu le coup pendant une semaine (il adore parler de cette période);
Puis il a sorti son revolver, l'a brandi,
Et dans un lieu isolé, le visage blanc et tourmenté,
D'un geste prompt, il s'est flanqué une balle dans le pied, avec l'espoir de ne pas mourir.
Aujourd'hui le Capitaine reste au Dépôt; il boite, mais il est heureux comme un pinson.
Là-bas, en France, dans les cantonnements, les hommes qui l'ont connu racontent l'histoire
De « ce gonze qui eut un accident en marchant dans l'obscurité », —
Tandis que ce Capitaine enseigne aux recrues le chemin du sang et de la gloire.

25 octobre 1916

Siegfried Sassoon (1886-1967)

Musique secrète

Je garde dans ma tête une musique
Qu'aucun vacarme de ce côté de la mort ne saurait étouffer ;
Une gloire qui exulte et domine la souffrance,
Une beauté qui s'est parée de guirlandes dans l'enfer.

Mon âme en pleine rêverie reste sourde
Au grondement des canons qui voudraient détruire
Ma vie, capable de lire sur les ténèbres
Des chants de joie, d'une exaltante fierté.

Jusqu'aux confins du monde je suis allé, et j'ai rencontré
La mort à son carnaval de lumières éclatantes ;
Dans mes tourments j'ai été couronné,
Une musique s'est levée comme l'aurore au-dessus du désespoir.

Décembre 1916.

Siegfried Sassoon (1886-1967)

« Embusqués »

Le Théâtre est bondé. De haut en bas des gradins
On ricane et rigole du Spectacle. Des rangées de catins,
Ivres de boucan, se pavanent, et glapissent le refrain :
« Oui, le Kaiser adore nos chers petits Tanks ! »

J'aimerais voir un Tank dévaler l'orchestre en zigzaguant
Sur un air de Jazz ou celui de « Home, Sweet Home » ;
Alors cesseraient dans les Music Halls les blagues
Qui bafouent les cadavres criblés de coups près de Bapaume.

4 février 1917

Publiés dans Roland Bouyssou, *Anthologie des poètes anglais de la Grande Guerre*, Toulouse, Éditions universitaires du Sud, 2008 (traduction de Roland Bouyssou).

POÈTES DE LANGUE ALLEMANDE

Stefan George (1868-1933)

La Guerre

Tels les fauves des forêts qui jusqu'à ce moment
S'évitaient ou – montrant des dents – se déchiraient
Dans l'incendie soudain ou le tremblement de terre
Se cherchent et se serrent les uns contre les autres :
Ainsi dans une patrie divisée les adversaires
Au cri « la guerre » se sont rejoints... un souffle
Du sentiment unitaire – inconnu – parcourt
Couche par couche et un pressentiment confus
De ce qui ores débute... Pour un instant
Saisi du frisson auguste et universel
Le peuple oubliait le désordre et le futile
De lâches années et se vit grand dans le danger.

[...]

Il ne sied de jubiler : il n'y aura nul triomphe –
Seulement beaucoup de naufrages sans dignité...
Échappé des mains du créateur tout seul se déchaîne
Le difforme de tôle et de plomb – de barres et de tuyaux.
Celui-ci rit de rage quand les faux discours héroïques
De jadis retentissent qui vit réduit en bouillie et lambeaux
Succomber son frère nichant comme la vermine
Dans la terre bouleversée par l'ignominie...

L'ancien Dieu des batailles n'est plus.
Des mondes malades et enfiévrés agonisent
Dans ce tumulte. Les jus seuls sont sacrés –
Qui encore immaculés se déversent — par flots.

[…]

Dans les deux camps aucune pensée — aucun soupçon
De quoi il s'agit… Ici : le seul souci de l'épicier
Contre d'autres soucis d'épiciers… de devenir entièrement
Ce que l'on dénonce chez l'autre et de se renier
« Un peuple est mort quand ses dieux sont morts. »
En face : l'orgueil de sa préséance passée
Dans la splendeur et les mœurs – tandis que la cupidité
Ne demande qu'à s'essouffler dans le confort – au milieu
De la perspicacité pas la moindre lueur : que les Honnis
N'ont détruit que ce qui était prêt à tomber – que peut-être
La « détestation et l'horreur du genre humain »
Apporte encore une fois le salut.

Mais le chant ne se termine pas par une malédiction. Mainte oreille
Comprit déjà ma louange de la matière et de la souche –
Du noyau et du germe… déjà je vois des mains
Qui se tendent vers moi lorsque je dis : ô Pays
Trop beau pour que le pas des étrangers te dévaste :

Pays où la flûte résonne dans les oseraies – dans les bosquets
Les harpes bruissent au vent – où plane encore le rêve
Que tous les héritiers infidèles ne peuvent détruire...
Où la Mère partout fleurissante à l'espèce blanche
Rendue sauvage et déchue dévoila d'abord
Son vrai visage... Pays encore plein de promesses
Et qui pour cela ne peut périr!

La jeunesse invoque les Dieux... Les Établis
Et les Éternels après la plénitude du jour... Le Guide
Dans la tempête donne à Celui du ciel serein
Le sceptre et repousse l'Hiver le plus long.
Celui qui fut pendu à l'arbre du salut a jeté
La pâleur des âmes pâles – semblable
Au morcelé contre Baldur : « Pour un temps encore la nuit –
Mais cette fois-ci la lumière ne viendra de l'Orient. »
Le combat s'est décidé déjà sur des étoiles : Vainqueur
Celui qui conserve l'Image gardienne dans ses contrées
Et Seigneur du futur celui qui sait changer de forme.

STEFAN GEORGE (1868-1933)

À un jeune chef
dans la Première Guerre mondiale

Lorsque tu rentrais dans la patrie   des champs piétinés
Sauf de la fonte en pluie   des grottes de ferraille
    explosée
Presque pudique tu parlais   de service nécessaire
De chevauchée téméraire   des peines les plus tendues...
L'épaule se hissait plus libre   où l'on chargeait le fardeau
De centaines de sorts :

Encore dans le geste de ton bras   l'habitude de saisir et
    de l'ordre rapide
Dans l'œil doux et songeur   le guet du danger constant
Une force émanait de toi   d'assurance si sereine
Que le beaucoup plus âgé   cachait son ébranlement
Lorsque la silhouette adolescente   altière et souple
Descendit de la selle.

Autrement que dans vos rêves   sont tombés les dés
    du combat...
Lorsque l'armée défaite   rendit les armes
Tu étais triste devant moi   comme si après une fête
    pompeuse
La semaine ordinaire commence   volée des honneurs
    qui parent...
Tes larmes coulaient   pour le trésor gaspillé
D'années précieuses.

Mais toi n'agis pas à l'instar   de l'essaim irréfléchi
Qui hier acclamait ce qu'hui   il destine aux gravats
Qui fracasse une borne   heurtée sur son chemin…
Élévation soudaine et avancée   aux portes du triomphe
Chute sous un joug oppressant   recèlent un sens en soi
Un sens en toi-même.

Tout ce pour quoi tu as prospéré   les luttes glorieuses
Reste indestructible en toi   te revigore pour les fracas
    futurs…
Vois : lorsque demandant conseil   lentement tu marchais
    à mes côtés
Au déclin du jour autour   de tes cheveux au vent
Autour de ton front   le rayon – d'abord d'anneaux
Se fit couronne.

Poésies complètes, traduction de Ludwig Lehnen, Paris, Éditions de la Différence, 2009.

Rainer Maria Rilke (1875-1926)

Cinq chants

I

Pour la première fois, je te vois qui te lèves,
incroyable et notoire et si lointain dieu de la Guerre.
Je vois
combien parmi la fructification paisible était si dru
semé l'agir terrible, l'agir de soudaine poussée.
Hier encore il était petit, avait besoin qu'on le nourrisse, et déjà
le voici là debout grand comme un homme, et demain
grandi plus haut que l'homme. Car le dieu rougeoyant
d'un coup arrache la croissance
du peuple enraciné, et la moisson commence.
Vers l'orage des hommes se soulève le champ, humainement. L'été
reste en retrait parmi les jeux de la belle campagne,
dépassé,
Et les enfants pareillement, les joueurs, restent aussi,
et les vieillards avec leurs
souvenirs
et les femmes confiantes. L'odeur prenante
des tilleuls fleuris imbibe l'adieu commun
et de la respirer, cette odeur saturée
demeurera pour des années et des années riche de
sens.

Les fiancées vont plus élues encore : comme si ce n'était un seul être
qui s'était décidé pour elles, mais le peuple entier qui se destinait
à les sentir. Les lents regards appréciateurs
des garçons enveloppent le jeune homme qui part et qui déjà
débouche dans l'avenir plus audacieux : lui qui venait encore
d'entendre cent voix, ignorant laquelle avait raison,
comme il est aujourd'hui soulagé par cet appel uni : *quelle chose* en effet
ne serait arbitraire, en regard de l'urgence joyeuse, de l'urgence certaine ?
Enfin, un dieu. Puisque souvent nous ne saisissons plus
le pacifique dieu, c'est celui des batailles qui soudain nous saisit,
et qui lance le feu ; tandis qu'au-dessus du cœur gorgé de patrie
crie celui qu'il habite, tonneur, son ciel rougeoyant.

[...]

III

Depuis trois jours, quoi ? qu'est-ce que je chante : est-ce vraiment l'horreur,
vraiment le dieu que de loin j'admirais et croyais n'être que l'un
de ces dieux de jadis dont il n'était plus que du souvenir ?

Il était, telle une montagne volcanique, dans un horizon lointain. Parfois
ceint de feu. Et parfois de fumée ; triste et divin.
Seul peut-être un lieu proche, accolé contre lui
tremblait. Tandis que nous levions la lyre du salut
vers d'autres : vers quels dieux en arrivance ?
Et c'est alors qu'il s'est dressé : il se tient là debout, plus haut dressé encore
que les donjons dressés, plus haut
que l'air respiré de notre jour ordinaire.
Nous surplombe. Est au-dessus. Et nous ? Nous rougeoyons ensemble et nous fondons
en une créature nouvelle que mortellement il anime de vie.
Et ainsi moi-même je ne *suis* plus ; du cœur commun
mon propre cœur bat le pouls, et ma bouche, c'est la bouche commune
qui l'ouvre, violemment.

Et cependant, la nuit, telles les sirènes des navires, hurle
le questionnant, hurle en moi au chemin, et cherche le chemin.
Est-il vu par le dieu là-haut, par-dessus son altière épaule ? Brûle-t-il
phare loin projeté d'un avenir en plein combat,
qui longtemps nous chercha ? Est-il quelqu'un qui sait ? *Peut*-il
être quelqu'un qui sait, ce dieu qui tout emporte,
Lui qui détruit, eh oui, tout ce qui est savoir. Le su depuis longtemps, le su

collecté avec amour, notre discret su familier. Les maisons aujourd'hui
ne sont plus que des ruines, alentour, de son temple. En se levant il l'a d'un geste
brusque et moqueur heurté et le voici qui se dresse vers les cieux.

Cieux de l'été encore, justement. Cieux d'été. Intenses cieux de l'été au-dessus des arbres et de nous-mêmes.
Qui maintenant, qui ressent, qui reconnaît leur infinie surveillance
au-dessus des prairies ? Qui n'y fixerait
son regard effaré d'inconnu.

Nous sommes devenus autres, autres en un même transformés : en chacun
a jailli, dans la poitrine qui soudain n'était plus sienne, un cœur météore.
Brûlant, un cœur de fer fait de cosmos de fer.

[...]

V

Debout et terrifiez le dieu terrifiant ! Assaillez-le.
La joie des combats l'a depuis des temps gâté. Que la souffrance désormais,
qu'une nouvelle, qu'une étonnante souffrance des combats
vous fasse précéder de force son courroux.
Et quand bien même un sang vous vient contraindre : un sang hautement venu

des pères : que votre sens intime cependant
soit bien toujours le vôtre. N'imitez pas
ce qui est l'antérieur, ce qui est de jadis. Tâchez de
voir si vous êtes souffrance. Agissante souffrance. La
souffrance elle aussi
a ses liesses. Ô et la flamme alors du drapeau se déploie
sur vous, dans le vent qui vient depuis l'ennemi !
Quel drapeau ? Celui de la souffrance. Le drapeau de
la souffrance. Le
pesant
tissu de souffrance qui bat. Chacun de vous a passé
ce suaire sur son visage brûlant d'urgence. Votre
visage à tous se presse là-bas de se dessiner des traits.
Les traits de l'avenir peut-être. Afin que la haine ne
s'y retienne pas durablement ; mais que ce soit un
étonnement, que ce soit une
souffrance résolue,
que ce soit la fureur magnifique de ce que les peuples,
ces aveugles alentour, soudain vous aient troublés en
votre intelligence ;
eux, dont vous avez gravement, comme de l'air et de
la mine, tiré
le souffle et la terre. Car comprendre,
car apprendre et conserver en soi au-dedans bien des
choses
à l'honneur, même des étrangères, c'était cela votre
mission sentie.
Maintenant vous voici de nouveau limités à votre bien
propre. Mais il est
devenu plus grand. Et quand bien même, loin s'en
faut, ce bien n'est pas

un monde — prenez-le comme un monde ! Utilisez-le comme le miroir
qui embrasse le soleil et tourne en soi le soleil contre ceux
qui errent. (Que votre propre erreur, toute, brûle dans le douloureux, dans le terrible cœur.)

Œuvres poétiques et théâtrales, traduction de Jean-Pierre Lefebvre pour *Cinq chants*, Paris, Gallimard, 1997.

AUGUST STRAMM (1874-1915)

Champ de bataille

Glèbe friable engourdit le fer
Sangs s'infiltrent, suintent et tachent
Rouilles s'effritent
Chairs moisissent
Ventouse aspire pourriture
Meurtres meurtres
Clignent
Regards d'enfants.

AUGUST STRAMM (1874-1915)

Blessure

La terre saigne sous le casque
Des étoiles tombent
L'univers tâtonne.
Des frissons mugissent
Tourbillonnent
Des solitudes,
Des brouillards
Pleurent
Au loin
Ton regard.

AUGUST STRAMM (1874-1915)

Anéantissement

Les cieux frémissent
Le sang avance
Sur
Mille pieds

Les cieux frémissent
Le sang explose
Explose
Sur
Mille lames

Les cieux frémissent
Le sang s'écoule
S'écoule
En
Mille filets

Les cieux frémissent
Le sang tarit
Tarit
En
Mille brèches

Les cieux frémissent
Le sang s'endort

S'endort
En
Mille morts

Les cieux frémissent
La mort dénoue
Sous
Mille pieds

AUGUST STRAMM (1874-1915)

Assaut

De toutes parts des angoisses hurlent vouloir
Stridente
La vie
Fouette
Devant
Elle
La mort haletante,
Les cieux se déchirent.
Alentour, aveugle, charcute l'épouvante.

August Stramm (1874-1915)

Mort au champ de bataille

Le ciel cotonne l'œil
La terre crispe la main
Les vents susurrent
Pleurent
Et
Nouent
Une plainte de femme
Dans
Les cheveux en mèche.

August Stramm (1874-1915)

Feu de gel

Les orteils meurent
Souffle fond en plomb
Les doigts fourmillent d'épingles brûlantes.
Le dos escargote
Les oreilles bourdonnent thé
Le feu
Étouffe
Et
Du haut du ciel
Ton cœur bouillant
Aspire
Ratatiné
Grésillant
Bienfaisant
Un sommeil gourd.

AUGUST STRAMM (1874-1915)

Bataille

Gémir lutte
Et
Pilonne la terre
Saisir étrangle
Et
Enlace fouille et cambre
L'air se fige
Et
Étreint, convulsé,
Déchirement craque
Et
Se fracasse au sol
Savoir se fige
L'espoir frémit et fixe
L'angoisse saigne
Le cri monte, grandit,
La vie
Flambe,
Les derniers brasiers
Luisent,
Sauvage
La mort s'agrippe
Au
Ciel.
La lumière diurne étouffe,

La nuit
Recouvre de crêpe
Le linceul,
La terre enveloppe
L'amour
Écarte les cuisses
Les étoiles vibrent
Les rayons jettent un pont
Le temps se hisse
Et
Sourire glane des gouttes
Et
Glaner sourire
Sourire glaner marcher
Et
Glaner marche
Sourire marcher faiblir
Et
Marcher faiblit
Faiblir sourire marcher
Et
Faiblir marche et suit
L'espace obtus.

August Stramm (1874-1915)

Guerre

Douleur fouille
Attente fixe, horrifiée
Accoucher secoue
Enfanter tend les membres
L'heure saigne
Question lève les yeux
L'époque enfante
S'épuise
Ressuscite
Dans
La
Mort.

AUGUST STRAMM (1874-1915)

Cri

Jours cercueillent
Mondes enterrent
Nuits émergent
Sangs se cabrent
Souffrances menacent tous les espaces
Étranglent
Soufflent
Et
S'essoufflent
Soufflent
Étranglent
Assaillent
Affluent
Tournoient
Amassent
Emmêlent
Souffrance souffrances
Souffrances
Soufflent
Néant

AUGUST STRAMM (1874-1915)

Tombe de soldat

Bâtons supplient bras croisés
Lettre tremblent pâle inconnu
Fleurs effrontent
Poussières timident
Lueur
Pleure
Scintille
Oubli.

Tropfblut (1919), *Gouttes de sang*, dans *Poèmes et prose*, édition bilingue, texte français et présentation par Huguette et René Radrizzani, Chambéry, Comp'Act, 2001.

Georg Trakl (1887-1914)

À l'Est

Telles les orgues sauvages de l'ouragan d'hiver
S'élèvent l'ire ténébreuse du peuple,
La houle pourpre du combat,
D'étoiles effeuillées.

Sourcils fracassés, bras d'argent,
La nuit fait signe aux soldats moribonds.
Dans l'ombre du frêne automnal
Soupirent les esprits de ceux qu'on massacra.

Un sauvage chaos de ronces enveloppe la ville.
La lune chasse de sanglants escaliers
Les femmes effrayées.
De sauvages loups forcèrent la porte.

Georg Trakl (1887-1914)

Plainte

Sommeil et mort, sinistres aigles,
Bruissent des nuits durant autour de cette tête :
L'image d'or de l'homme
Serait engloutie par les houles glacées
De l'éternité. Sur d'horribles récifs
Se brise le corps pourpre.
Et se plaint la voix sombre
Au-dessus de la mer.
Sœur d'orageuse mélancolie,
Vois couler la barque éperdue
Sous les étoiles
Au visage muet de la nuit.

Georg Trakl (1887-1914)

Grodek

Le soir venu, tintent les forêts d'automne
Du bruit des armes de la mort, les plaines d'or
Et les lacs bleus, sur lesquels le soleil
Plus sinistre roule ; la nuit enveloppe
L'agonie des soldats, la plainte sauvage
De leurs boucles fracassées.
Mais calme s'amoncelle au creux de la saulaie,
Rouge nuée habitée par un dieu de colère,
Le sang versé, fraîcheur lunaire ;
Toute route débouche en noire dissolution.
Sous la ramure d'or de la nuit et les astres
Chancelle l'ombre de la sœur par le bosquet muet
Pour saluer les esprits des héros, les têtes sanglantes ;
Et tout bas tintent dans les joncs les sombres flûtes
de l'automne.
Ô deuil plus fier ! autels d'airain,
L'ardente flamme de l'esprit se nourrit aujourd'hui
d'une douleur violente,
Les descendants qui ne sont pas nés.

Georg Trakl, *Poèmes majeurs, Gedichte, Sebastian im Traum, Veröffentlichungen im « Brenner »*, texte original et version française par Jacques Legrand, Paris, Aubier, 1993.

GEORG TRAKL (1887-1914)

Plainte

Sommeil et mort, les aigles lugubres
bourdonnent à longueur de nuit autour de cette tête :
le portrait doré de l'Homme
l'engloutirait la vague glacée
de l'éternité. Contre d'horribles récifs
se brise le corps pourpre.
Et c'est la plainte de la sombre voix
sur la mer.
Sœur de houleuse mélancolie
vois : une barque apeurée fait naufrage
sous les étoiles,
sous la face qui se tait de la nuit.

Lionel Richard, *Georg Trakl, Entre improvisations et compassions*, Strasbourg, Bf Éditions, 2010.

Fritz von Unruh (1885-1970)

Avant-propos

Toi, livre, témoin des combats dans lesquels nous sentions le souffle vivant profané par la guerre aux mains barbelées d'aiguillons, toi né devant les tours de Verdun, gelant sous les neiges de Février, vis-à-vis de mes frères mis en pièces, — toi, mémoires d'une marche au sacrifice, chronique de l'holocauste, — pourrais-tu aider à cette paix entrevue au-delà de telle colline, consacrée par la mort des camarades — lorsque j'étais debout dans Beaumont, au milieu de la rue du village en flammes, ou que j'errais comme un perdu dans le ravin de Chauffour — agenouillé auprès des cadavres, fixant toute créature en son œil devenu vitreux, — à cette paix qui exhala son premier amen dans le serment de soldats mourants ! — Le serment de paix que j'ai conservé dans mon cœur.

Huit ans, depuis lors, sont passés. — Les Cavaliers de l'Apocalypse sont encore partout en selle ; mais leur violence décomposée n'a point prévalu sur notre décision ; — ni sur la mienne, — ni sur la tienne, — ni sur aucun de ceux qui, sous le feu de grenades du Mort-Homme, levèrent leur âme vers Dieu, parmi les forêts de racines !
Camarades, — et comment ferait-on pour éteindre notre foi ?

Nous voyons le but, aussi lointain qu'il soit ; nous voyons de la lumière, car nous la portons en nous.
Donc, allez votre chemin, signes et syllabes, — cherchez cette chose tendre et éveillée, là où elle respire, — saisissez-la, vivifiez-la, — apportez-lui la certitude de n'être point solitaire, car elle construit, — déjà, — son avenir même en ceux qui l'ignorent.

Florence, décembre 1923

Verdun, traduction de Jacques Benoist-Méchin, Paris, Aux Éditions du Sagittaire, 1924.

Franz Werfel (1890-1945)

La Guerre

Écrit le 4 août 1914

Sur un ouragan de mots faux,
Le front enguirlandé d'un tonnerre qui sonne creux,
Tout insomnieux de mensonges,
Tout équipé d'exploits stériles,
Tout rengorgé de sacrifices,
Abominables devant le ciel,
Ainsi tu marches,
Notre temps,
Dans le vacarme d'un grand songe;
Tu portes sur Dieu tes mains sauvages,
Pour, du sommeil où tu l'arraches,
Le jeter au néant.

Sarcastiques, sans miséricorde,
Les murs du monde s'érigent et nulle prière n'aborde.
Tes clairons d'un coup déclarés
Et tes tambours désespérés,
Et tes marches en rage de dément
Et ton horreur comme un ferment
Déferlent, puérils et misérables,
Contre le bleu inexorable

Qui vient claquer toutes les cuirasses,
Le bleu dur comme l'acier et léger comme l'air
Et qui se pose sur le cœur éternel.

La douceur et l'effroi des soirs
Ouvraient aux naufragés leurs voiles.
L'enfant mettait sa chaînette d'or
Dans la tombe à son oiseau mort ;
En son éternelle ignorance,
L'héroïsme des mères émouvait le silence.
L'homme, ce saint, était ravi
De verser en offrande la libation de sa vie.
Le sage en qui la force gronde,
On le voyait, devant son ennemi,
Se reconnaître en lui et lui baiser le front.
On voyait le ciel qui éclate
Ne plus pouvoir se tenir de miracles,
Et fondre en une tempête folle,
Tandis que sur les toits des hommes,
Soulevé, ailé, pimpant d'or,
L'essaim d'aigles de la divinité
Abattait son vol.

Sur la bonté la plus menue
Les yeux de Dieu sont émus
Et le moindre geste d'amour
Participe au grand ordre par qui les mondes roulent.

Mais malheur à toi, notre temps,
Au trépignement de tes pieds sourds
Et au détestable ouragan
De tes vains discours !

Le cœur de l'Être est vierge de ta chevauchée,
Du fracas de tes montagnes,
Du halètement de tes rues,
De tant de morts vilement côte à côte couchés.
Et ta vérité, ce n'est pas
Le rugissement du dragon,
Ni les communautés bavardes
Et leur droit piètre et son poison !
Ta seule vérité, notre temps,
C'est la torture de ton non-sens,
La lisière des blessures par où l'âme s'en va,
La soif et la fangeuse boisson,
Le grincement des dents serrées,
Et la rage, avec son courage,
Parmi l'énormité sournoise ;
La pauvre lettre de la maison,
Et la course, le long des rues,
Des mères dont ces aventures
Dépassent la raison.

Et quand nous nous abandonnons,
Quand notre au-delà se renie,
Quand, à grands serments, nous jurons,
Nous ensorcelés et maudits…
Qui sait, de parmi nous, qui sait
Quel est hélas l'ange infini
Qui sur nous, du haut de nos nuits
Entre les doigts de nos mains pleure
— Cela tombe, léger, intolérable —
Pleure en larmes prodigieuses ?

Franz Werfel (1890-1945)

Les Fabricants de mots de la guerre

Temps sublime ! La maison de l'esprit mitraillée
Chuinte et déchire l'air de sa plainte qui sibile.
Mais des fissures, des caves, des rigoles, des gouttières.
La vermine délivrée en éruption jubile.

Le bien unique, pour qui nous vivions tous unis,
Le fort bastion en nous de la Fraternité,
Sur qui notre extase bégayait, *in excelsis*,
Le voici : c'est la proie des rats empestés.

Et balbutie le sot, et croasse l'ambitieux ;
Ils appellent virilité leur vieille crotte.
Pour que seulement des femmes bien grasses se pâment d'eux,
Leur torse décoré se cambre dans l'aurore.

Et la stupidité s'est vendue à la force ;
La bête, qui a le droit de haïr, elle chante.
L'arôme du mensonge a battu ce record
De surpasser en puanteur le goût du sang.

Vieux refrain ! L'arrogance saigne à blanc l'innocence
Pour extorquer une raison d'être à son non-sens.
Et jusqu'à ce que les clairons du jugement sonnent,
Le désespoir demeure seul patrimoine de l'homme.

L'Ami du monde, Paris, Stock, 1924.

POÈTES ITALIENS

Gabriele d'Annunzio (1863-1938)

Cantique pour l'octave de la victoire

[...]

Avec une merveilleuse joie je tendis les mains
pour emporter la mort. Et elle toujours disait :
« Demain. »
Elle toujours disait : « Plus haut ! »
Je la suivais au-delà du but que mon cœur s'était
promis.
Et elle disait toujours : « Plus loin ! » Elle était elle-même
le vol, l'écume, l'assaut.

Ô mon compagnon sublime, pourquoi t'ai-je déçu ?
Pourquoi mon âme fut-elle trompée ? Sur toi
j'avais refermé le tombeau et sur mon espoir,
parmi les cyprès d'Aquileia. Silencieusement
j'avais avec toi bu l'eau sans source
et célébré l'alliance.

Du tombeau, tu es ressuscité, dans le froissement des
cyprès.
L'archange qui me nomme, au jour de la Résurrection,
a ouvert la pierre creusée.
Et toi, Dioscure, sans cheval ni lance,
tu es descendu laver du deuil ta chaste
vigueur dans le Timavo lustral.

Mais où était ton frère ? sa force, où était-elle ?
Tes compagnons d'ardeur dans ce même
drapeau ne l'avaient pas recueilli.
Ils n'avaient pas étendu son corps bronzé
sur les débris fumant de l'aile, ni recouvert
de feuilles sacrées son cœur mis à nu,

ni vu entre les feuilles du laurier pugnace
brûler tout à coup dans le profond thorax
une fleur parfaite de feu.
Héros, en vain tu m'attends sur ton fleuve lustral.
Mais si la vie est mortelle, et la mort immortelle,
en toi, vie et mort aujourd'hui j'invoque.

Dans ma bouche, j'ai ton souffle, entre mes dents ton haleine
Se fait chant martial l'esprit exhalé.
L'agonie se fait mélodie.
Patrie ! Patrie ! Cette seule parole fonde le ciel.
La nuit pâle s'ouvre comme un voile qu'on déchire.
Règne « celui qui en Dieu plus se plonge ».

Comme celui qui appelle la lumière de son nom divin,
comme celui qui appelle la lumière de son nom et au matin
commande qu'elle naisse des eaux,
ô Patrie, ainsi je t'appelle. Je suis ton héraut
et je suis ton témoin. Si tu m'entends, mon amour
sait quelle fut la naissance de ce jour.

Je suis entre la vie et la mort, Poète sans couronne.
De l'orient au ponant voici l'hymne qu'en premier on entonne :
« La vie culmine en gloire ! »
Je suis entre la mort et la vie, sur un monde écroulé.
De l'austral au septentrion jaillit l'hymne second :
« La mort est engloutie dans la victoire ! »

3-11 novembre 1918

Poèmes d'amour et de gloire, traduction par Muriel Gallot, Paris, Istituto italiano di cultura, 2008.

Guiseppe Ungaretti (1888-1970)

Frères

De quel régiment
Frères ?

Frères
mot qui tremble
dans la nuit

Feuille à peine née

Dans le spasme de l'air
révolte involontaire
de l'homme présent à sa
fragilité

Frères

Mariano, 15 juillet 1916

GUISEPPE UNGARETTI (1888-1970)

Dans le demi-sommeil

Je veille la nuit violentée

L'air est criblé
comme une dentelle
par les coups de fusil
des hommes
renfoncés
dans les tranchées
comme les escargots dans leur coquille

Il me semble
qu'une ahanante
tourbe de cantonniers
pilonne le pavé
de pierre de lave
de mes routes
et je l'écoute
sans voir
dans le demi-sommeil

Valloncello di Cima Quattro, 6 août 1916

Guiseppe Ungaretti (1888-1970)

San Martino del Carso

De ces maisons
il n'est resté
que quelques
moignons de murs

De tant d'hommes
selon mon cœur
il n'est pas même
autant resté

Mais dans le cœur
Aucune croix ne manque

C'est mon cœur
le pays le plus ravagé

Valloncello dell'Albero Isolato, 27 août 1916

GUISEPPE UNGARETTI (1888-1970)

Italie

Je suis un poète
un unanime cri
je suis un grumeau de songe

Je suis un fruit
d'innombrables greffes contraires
mûri dans une serre

Mais ton peuple est porté
par cette même terre
qui me porte
Italie

Et dans cet uniforme
de tes soldats
je me repose
comme s'il était le berceau
de mon père

Locvizza, 1er octobre 1916

Vie d'un homme. Poésie, 1914-1970, Paris, Gallimard, 1973.

POÈTES RUSSES

Nicolas Goumilev (1886-1921)

L'Enfance

Lorsque j'étais enfant, j'aimais
Les grandes prairies au parfum de miel,
Le foin et les forêts,
Les cornes du bétail parmi les herbes.

Chaque buisson poudreux du bord des routes
Me criait : « Je joue avec toi :
Fais soigneusement le tour,
Et tu apprendras qui je suis ! »

Seul, faisait cesser le jeu
Le bruissement sauvage du vent d'automne ;
J'avais le cœur battant, heureux,
Et je savais bien qu'un jour je mourrais —

Mais pas seul : avec mes amis,
Avec les pas-d'âne, avec les bardanes,
Et qu'au-delà du ciel lointain
Tout me serait enfin compréhensible.

C'est pour cela que j'aime
Les amusements orageux de la guerre,
Parce que le sang humain n'est pas plus sacré
Que le merveilleux suc de l'herbe.

Nicolas Goumilev (1886-1921)

L'Ouvrier

Il est devant son fourneau qui brûle.
C'est un homme vieillissant, petit.
Son regard calme a l'air humble
Parce qu'il cligne ses yeux rougis.

Tous ses camarades sont endormis.
Mais lui ne dort pas encore.
Il est occupé à fondre la balle
Qui me séparera de la vie.

Il a fini ; ses yeux sont animés.
Il peut rentrer. La lune brille.
Chez lui, dans le grand lit,
L'attend sa femme, somnolente et moite.

La balle qu'il a coulée sifflera
Par-dessus l'écume de la Dvina grise,
La balle qu'il a coulée trouvera
Ma poitrine qu'elle cherchait.

Je tomberai, touché à mort,
Je reverrai défiler mon passé,
Mon sang coulera à flots
Sur l'herbe sèche, poussiéreuse, piétinée.

Dieu alors paiera le prix
De ma vie brève et amère.
En blouse grisâtre, vieillissant,
Un petit homme a fait cela.

Poèmes, traduction par Serge Fauchereau, Neuilly-lès-Dijon, Éditions du Murmure, 2003.

Ossip Zadkine (1890-1967)

Caserne

Jambe en bois
Une plaie colorée de médailles allongées
Comme de beaux morts endimanchés
Baisers de patrie, béquilles, nouveaux crucifix
Les christs ressuscités gardent le beau sourire
Et toi tristesse vite aux matelas aux sales draps
Cache-toi et tes loques devant le vainqueur
Quand même !
Hautes fenêtres imprimeries mortes
Sur le langage jaune des briques
La jambe s'est détachée
Montant les trois cent trente-trois marches de l'escalier
Mais son œil de verre s'est détaché
Laissant l'orbite pleurer sous les accords
De la prunelle magique qui comptait
Ses pas vers la terre

En bas un réformé lui crie
« Le voilà, ton œil, oh beau ! »

Clignancourt, 1917

Poème publié dans Jacques Béal, *Les Poètes de la Grande Guerre*, Paris, 1992.

ANNEXES

CRÉDITS

Les éditeurs

Le Castor Astral © réservé pour :
Wilfred OWEN, « Hymne pour une jeunesse perdue » et « Mineurs », in *Et chaque lent crépuscule. Wilfred Owen, poèmes et lettres choisis,* Bordeaux, 2012.

Denoël © réservé pour :
Blaise CENDRARS, « La Guerre au Luxembourg » et « Le Jour de la victoire », in *La Guerre au Luxembourg,* Paris, D. Niestlé, 1916.

La Différence © réservé pour :
Stefan GEORGE, « La Guerre » et « À un jeune chef dans la Première Guerre mondiale », in *Poésies complètes,* traduction de Ludwig Lehnen, Paris, 2009.

Flammarion © réservé pour :
Pierre REVERDY, « Fronts de bataille », « Bataille », « Soldats », in *Poèmes en prose*, 1915, dans *Œuvres complètes,* t. 1, Paris, 2010.
Georg TRAKL, « À l'Est », « Plainte », « Grodek », in *Poèmes majeurs, Gedichte, Sebastian im Traum, Veröffentlichungen im « Brenner »,* texte original et version française par Jacques Legrand, Paris, 1993.

Gallimard © réservé pour :

Roger ALLARD, « Le Guerrier masochiste ou l'amour du danger », in *Élégies martiales, 1915-1918*, Paris, NRF, 1928.

Louis ARAGON, « Le Délire du fantassin », « Programme », « Secousse », in *Feu de joie*, Paris, 1919.

–, « La guerre et ce qui s'ensuivit », in *Le Roman inachevé*, Paris, 1956.

Paul CLAUDEL, « Tant que vous voudrez, mon général ! », « Derrière eux », « La Grande Attente », in *Poèmes et paroles durant la guerre de trente ans*, Paris, 1945.

Jean COCTEAU, « Tour du secteur calme », « Délivrance des âmes », « La Douche », in *Discours du grand sommeil* dans *Poésie, 1916-1923*.

Pierre DRIEU LA ROCHELLE, « Plainte des soldats européens », « Part du feu », « À vous, Allemands », in *Interrogation*, Paris, NRF, 1917.

–, « Chute », « Jazz », « Croisade », in *Fond de cantine, Poèmes*, Paris, NRF, 1917.

Luc DURTAIN « La Marque », in *Le Retour des hommes*, Paris, NRF, 1920.

Paul ÉLUARD, « La troupe qui rit toute vive dans l'ombre », in *Le Devoir, recueil de 10 poèmes*, 1916.

–, « Fidèle » in *Le Devoir et l'Inquiétude*, 1917.

Max JACOB, « 1914 », « 1914 », « La Guerre », « Le Sacrifice d'Abraham », « 1889-1916 », in *Le Cornet à dés*, Paris, 1917 (Gallimard, 1945).

Henry DE MONTHERLANT, « Une étoile noire a lui… », « Il dort, oh ! il dort… », « La Sape » in *Trois poèmes de guerre* dans *Encore un instant de bonheur*, 1934.

François PORCHÉ, « Le Poème de la tranchée », in *Le Poème de la tranchée*, 1916.

André SALMON, « L'Âge d'humanité » (1 et 6), in *Carreaux et autres poèmes,* Paris, NRF, 1921.

Paul Valéry, « La Jeune Parque », in *La Jeune Parque*, Paris, NRF, 1917.

Charles Vildrac, « Mobilisation », « Relève », « Printemps de guerre », « La Grange », « Europe », in *Chant du désespéré, 1914-1920*, Paris, NRF, 1920.

Rainer Maria Rilke, « Cinq chants », in *Œuvres poétiques et théâtrales*, traduction de Jean-Pierre Lefebvre pour *Cinq chants*, Paris, Gallimard, 1997.

Giuseppe Ungaretti, « Frères », « Dans le demi-sommeil », « San Martino del Carso » et « Italie », in *Vie d'un homme, Poésie, 1914-1970*, Paris, Gallimard/Minuit, 1973, traduction de Jean Lescure.

Grasset © réservé pour :
François Bernouard, « Jean-Pierre », « Après l'attaque », « Paysage », « Sur un ennemi mort », « L'Amant », « La Relève », « Douaumont » et « Cauchemar », in *Franchise militaire*, Paris, 1936.

Paul Fort, « Voilà pourquoi nos enfants sont des héros », in *Que j'ai plaisir d'être Français !* suivi de *Temps de guerre*, Paris, 1917.

Henry Poulaille, « C'est mon tour de garde aujourd'hui » et « Aux femmes d'usines », in *Pain de soldat, 1914-1917*, Paris, 1937.

Le Murmure © réservé pour :
Nicolas Goumilev, « L'Enfance » et « L'Ouvrier », in *Poèmes*, traduction par Serge Fauchereau, Neuilly-lès-Dijon, 2003.

Payot Rivages © réservé pour :
Paul Fort, « Premier jour de guerre », in *Deux chaumières au pays de l'Yveline*, Paris, 1916.
–, « La Cathédrale de Reims » et « Le soldat de la Grand'guerre ou Le Veilleur », in *Poèmes de France, Bulletin lyrique de la guerre (1914-1915), Première série*, Paris, 1916.

Pierre Paraf, « L'Offrande », in *Sous la terre de France*, Paris, 1917.

S. Fischer Verlag © réservé pour :
Franz WERFEL, « La Guerre » et « Les Fabricants de mots de la guerre », in *L'Ami du monde*, Paris, 1924.

Les auteurs

Arlette ALBERT-BIROT pour **Pierre ALBERT-BIROT**, « Premiers mots », « Style=Ordre)= Volonté », « L'esprit moderne », « Deutschland über alles », « Chronique historique », extraits de la revue *Sic, Sons Idées Couleurs Formes,* 1916-1919.

Istituto Italiano di Cultura di Parigi pour **Gabriele d'ANNUNZIO**, « Cantique pour l'octave de la victoire », in *Poèmes d'amour et de gloire,* traduction par Muriel Gallot, 2008.

Héritiers de Paul DERMÉE, pour « Flammes », « Festin » et « Spirales », in *Spirales,* Paris, 1917.

Jérôme DUHAMEL pour **Georges DUHAMEL**, « Ballade de Florentin Prunier », « Ballade de l'homme à la gorge blessée », « Ballade du dépossédé », in *Élégies,* Paris, 1920.

Héritiers de Lucien LINAIS pour « La Solitude », « L'Instinct », « Le Sang », « La Boue », « Le Poste de secours », « La Débâcle », in *Les Minutes rouges,* Jarville-Nancy, imprimerie Arts graphiques modernes, 1926.

Sophie BLOCK pour **Philippe SOUPAULT**, « Départ » et « Les Mois », in *Poèmes et poésies, 1917-1973,* Paris, 1973.

Musée Ossip-Zadkine et Spadem pour **Ossip ZADKINE**, « Caserne », paru dans la revue *Sic,* n°s 49 et 50, 15 et 30 octobre 1919.

Malgré nos efforts, nous n'avons pu joindre les auteurs ou authentifier les ayants-droit de certains texte. Nous leur demandons de bien vouloir prendre contact avec nous, afin que nous puissions combler des lacunes dont nous les prions de nous excuser. Ils conservent, bien entendu, l'entier copyright des textes publiés. René Arcos, Nicolas Beauduin, Georges Delaquys, Maurice Gauchez, Pierre-Jean Jouve, Léonard Pieux, Siegfried Sassoon, August Stramm, Fritz von Unruh.

TABLE

Préface : Dire l'indicible 9

OUVERTURE

Marie-Joseph Chénier (1764-1811)
Le Chant du départ 23

Victor Hugo (1802-1885)
Les Forts 26

Paul Déroulède (1846-1914)
Le Clairon 28

Charles Péguy (1873-1914)
Ève 30

Anna de Noailles (1876-1933)
La Mort de Jaurès 35

POÈTES FRANÇAIS
OU DE LANGUE FRANÇAISE

Pierre Albert-Birot (1876-1967)
(Style = Ordre) = Volonté 41
Premiers mots 42
L'Esprit moderne 43
Deutschland über alles 44
Chronique historique 45

Roger Allard (1885-1961)
Le Guerrier masochiste ou l'amour du danger 49

Anonyme
Chanson de Craonne 51

Guillaume Apollinaire (1880-1918)
La Petite Auto 53
À Nîmes 55
La Colombe poignardée et le jet d'eau 57
SP 58
Guerre 59
Les Soupirs du servant de Dakar 60
Fête 63
La Nuit du 15 avril 64
L'Adieu du cavalier 66
Fusée 67
Désir 69
Chant de l'horizon en Champagne 71
Il y a 75
Simultanéités 77
Le Vigneron champenois 79
Chevaux de frise 80

Louis Aragon (1897-1982)
Le Délire du fantassin 82

Programme	83
Secousse	85
La guerre et ce qui s'ensuivit	86

Jean Arbousset (1895-1918)
Quelques mots	88

René Arcos (1880-1959)
Les Morts	90
Tout n'est peut-être pas perdu	91

Henry Bataille (1872-1922)
Le Départ	92
Aux mères douloureuses	95
Le Cauchemar	96

Nicolas Beauduin (1881-1960)
L'Offrande héroïque	98

Jean-Marc Bernard (1881-1915)
De profundis	99
Les Émigrés	101

François Bernouard (1884-1949)
Jean-Pierre	103
Après l'attaque	105
Paysage	107
Sur un ennemi mort	110
L'Amant	111
La Relève	112
Douaumont	116
Cauchemar	119

Maurice Bouignol (1891-1918)
Souvenirs	120
L'Ivresse du combat	122

Jean-Pierre Calloc'h (1888-1917)
La Veillée dans les tranchées	124

Blaise Cendrars (1887-1961)
   La Guerre au Luxembourg 128
   Le Jour de la victoire 130

Louis Chadourne (1890-1925)
   Commémoration d'un mort de printemps 132

Georges Chennevière (1884-1927)
   De profundis 135

Paul Claudel (1868-1955)
   Tant que vous voudrez, mon général ! 137
   Derrière eux 140
   La Grande Attente 143

Jean Cocteau (1889-1963)
   Tour du secteur calme 148
   Délivrance des âmes 150
   La Douche 153

René Dalize (1879-1917)
   Ballade à tibias rompus 156

Georges Delaquys (1880-1970)
   La Boue 160

Henry Derieux (1892-1941)
   En ces jours déchirants… 164

Paul Dermée (1886-1951)
   Flammes 168
   Festin 170
   Spirales 172

Pierre Drieu la Rochelle (1893-1945)
   Plainte des soldats européens 174
   Part du feu 179
   À vous, Allemands 181
   Chute 184
   Jazz 185
   Croisade 187

Georges Duhamel (1884-1966)
Ballade de Florentin Prunier 188
Ballade de l'homme à la gorge blessée 191
Ballade du dépossédé 193

Luc Durtain (1881-1959)
La Marque 195

Paul Éluard (1895-1952)
« *La troupe qui rit…* » 197
Fidèle 199
Monde ébloui, monde étourdi 200

Paul Fort (1872-1960)
Premier jour de guerre 201
La Cathédrale de Reims 203
Le Soldat de la Grand'garde ou Le Veilleur 205
Voilà pourquoi nos enfants sont des héros 207

Gabriel-Tristan Franconi (1887-1918)
1914 210

Maurice Gauchez (1884-1957)
Les Charrois 211
Les Filles Mères 213
Les Gaz 215

Léon Gauthier-Ferrières (1880-1915)
« *Durant cette guerre…* » 217

Max Jacob (1876-1944)
1914 218
1914 219
La Guerre 220
Le Sacrifice d'Abraham 221
1889-1916 222

Pierre-Jean Jouve (1887-1976)
Les Voix d'Europe 223
J'entends votre œuvre 225

La Presse 226
Il n'y a pas de victoire... 229

Léon Lahovary (1884-1938)
Le Sourire des blessés 231
Ballade des Sénégalais 232

Marc Larreguy de Civrieux (1895-1916)
Debout les morts ! 234

Jean Le Roy (1894-1918)
Instant de clarté 235

Lucien Linais (1885-1948)
La Solitude 237
L'Instinct 239
Le Sang 241
La Boue 243
Le Poste de secours 244
La Débâcle 246

Henry de Montherlant (1895-1972)
« Une étoile noire a lui... » 248
« Il dort, oh ! il dort... » 249
La Sape 250

Anna de Noailles (1876-1933)
À mon fils 251
La Jeunesse des morts 252

Pierre Paraf (1893-1989)
L'Offrande 253

Gabriel Pierre-Martin (1882-1918)
Saint Poilu 255

Léonard Pieux (1887-1950)
8 septembre 1917 256

François Porché (1877-1944)
Le Poème de la tranchée 258

Henry Poulaille (1896-1980)
   C'est mon tour de garde aujourd'hui 265
   Aux femmes d'usines 266

Henri de Régnier (1864-1936)
   Imagerie 269

Pierre Reverdy (1889-1960)
   Fronts de bataille 271
   Bataille 272
   Soldats 273

Lucien Rolmer (1880-1916)
   L'Apparition 274

Sylvain Royé (-1916)
   L'Assaut dans le matin 276
   La Rose blanche 278
   Sonnet à la classe 1915 279

Gaston de Ruyter (1895-1918)
   « *Voici les froides nuits…* » 280

André Salmon (1881-1969)
   « *Parti en guerre…* » 282

Philippe Soupault (1897-1990)
   Départ 286
   Les Mois 287

Paul Valéry (1871-1945)
   La Jeune Parque 290

Émile Verhaeren (1855-1916)
   Les Zeppelins sur Paris 292
   À ras de terre 295
   Les Usines de guerre 298

Paul Verlet (1890-1923)
   Les Caissons 300
   « *Vae victis !* » 301

Les Civils	303
Soir calme	305
Après	307
Bleu, blanc, rouge	309
La Mort dans la feuillée	310
Vivre !	312
La Retraite	314
Le Copain	316

Charles Vildrac (1882-1971)

Mobilisation	317
Relève	319
Printemps de guerre	322
La Grange	324
Europe	326

LAURÉATS DU CONCOURS DES AUTEURS DU FRONT

A. Fourtier

À la gnôle	331

L. Vibert

Pour une bonne à tout faire	333
Pour un embusqué	334
Pour Ysolde, fille de joie	335
Pour un Barrès au petit pied	336
À un copain	337

POÈTES ANGLAIS OU DE LANGUE ANGLAISE

John McCrae (1872-1918)

Au champ d'honneur	341

Wilfred Owen (1893-1918)
- *Hymne pour une jeunesse perdue* 342
- *Mineurs* 343
- *La Parabole du vieil homme et du jeune* 345

Siegfried Sassoon (1886-1967)
- *Absolution* 346
- *Attaque de nuit* 347
- *Ballade* 351
- *Musique secrète* 352
- *« Embusqués »* 353

POÈTES DE LANGUE ALLEMANDE

Stefan George (1868-1933)
- *La Guerre* 357
- *À un jeune chef dans la Première Guerre mondiale* 360

Rainer Maria Rilke (1875-1926)
- *Cinq chants* 362

August Stramm (1874-1915)
- *Champ de bataille* 368
- *Blessure* 369
- *Anéantissement* 370
- *Assaut* 372
- *Mort au champ de bataille* 373
- *Feu de gel* 374
- *Bataille* 375
- *Guerre* 377
- *Cri* 378
- *Tombe de soldat* 379

Georg Trakl (1887-1914)
- *À l'Est* 380
- *Plainte* 381

Grodek	382
Plainte	383

Fritz von Unruh (1885-1970)
Avant-propos	384

Franz Werfel (1890-1945)
La Guerre	386
Les Fabricants de mots de la guerre	389

POÈTES ITALIENS

Gabriele d'Annunzio (1863-1938)
Cantique pour l'octave de la victoire	393

Guiseppe Ungaretti (1888-1970)
Frères	396
Dans le demi-sommeil	397
San Martino del Carso	398
Italie	399

POÈTES RUSSES

Nicolas Goumilev (1886-1921)
L'Enfance	403
L'Ouvrier	404

Ossip Zadkine (1890-1967)
Caserne	406

Crédits 409

AUTRES OUVRAGES
DE GUILLAUME PICON

Le Larousse des rois de France
(direction ouvrage)
Larousse, 2008

Le Petit Livre des rois de France
(avec la collaboration de Katia Boudoyan)
Le Chêne, 2009

Versailles : invitation privée
(photographies de Francis Hammond)
Skira-Flammarion, 2011

Cent tableaux à clef de l'histoire de France
(avec la collaboration d'Anne Sefrioui)
Hazan, 2012

Catalogue de l'exposition « L'Art à l'épreuve du monde »
(avec Jean-Jacques Aillagon)
Éditions Invenit, 2013

Écrivains et artistes face à la Grande Guerre
(en collaboration)
Beaux-Arts Éditions, 2014

Éditions Points

Le catalogue complet de nos collections est sur Le Cercle Points, ainsi que des interviews de vos auteurs préférés, des jeux-concours, des conseils de lecture, des extraits en avant-première…

www.lecerclepoints.com

Collection Points Poésie

P544. La Remontée des cendres, *suivi de* Non identifiés
 Tahar Ben Jelloun
P1446. Œuvre poétique, *Léopold Sédar Senghor*
P1447. Cadastre, *suivi de* Moi, laminaire…, *Aimé Césaire*
P1448. La Terre vaine et autres poèmes, *Thomas Stearns Eliot*
P1449. Le Reste du voyage et autres poèmes, *Bernard Noël*
P1450. Haïkus, *anthologie*
P1466. Élégies de Duino *suivi de* Sonnets à Orphée
 Rainer Maria Rilke
P1467. Rilke, *Philippe Jaccottet*
P1502. Mexico City Blues, *Jack Kerouac*
P1503. Poésie verticale, *Roberto Juarroz*
P1572. Renverse du souffle, *Paul Celan*
P1573. Pour un tombeau d'Anatole, *Stéphane Mallarmé*
P1574. 95 poèmes, *E. E. Cummings*
P1615. Clair-obscur, *Jean Cocteau*
P1651. Poèmes païens de Alberto Caeiro et Ricardo Reis
 Fernando Pessoa
P1652. La Rose de personne, *Paul Celan*
P1653. Caisse claire, poèmes 1990-1997, *Antoine Emaz*
P1664. Le Dehors et le Dedans, *Nicolas Bouvier*
P1665. Partition rouge. Poèmes et chants des Indiens
 d'Amérique du Nord
 Jacques Roubaud, Florence Delay
P1709. Les Pierres du temps et autres poèmes, *Tahar Ben Jelloun*
P1710. René Char, *Éric Marty*
P1773. Asphodèle *suivi de* Tableaux d'après Bruegel
 William Carlos Williams
P1774. Poésie espagnole 1945-1990 (anthologie)
 Claude de Frayssinet
P1791. Poèmes et Proses, *Gerard Manley Hopkins*
P1792. Lieu-dit l'éternité. Poèmes choisis, *Emily Dickinson*

P1871.	Romancero gitan, *Federico García Lorca*
P1872.	La Vitesse foudroyante du passé, *Raymond Carver*
P1873.	Ferrements et autres poèmes, *Aimé Césaire*
P1876.	À poèmes ouverts, *Anthologie Printemps des poètes*
P1881.	Grille de parole, *Paul Celan*
P1882.	Nouveaux poèmes *suivi de* Requiem, *Rainer Maria Rilke*
P1923.	Ce monde est mon partage et celui du démon *Dylan Thomas*
P1928.	Anthologie de poésie érotique, *Jean-Paul Goujon (dir.)*
P1999.	Poésies libres, *Guillaume Apollinaire*
P2009.	De l'aube au crépuscule, *Rabindranath Tagore*
P2032.	Le Sable et l'Écume et autres poèmes, *Khalil Gibran*
P2033.	La Rose et autres poèmes, *William Butler Yeats*
P2074.	Poèmes d'amour de l'Andalousie à la mer Rouge. Poésie amoureuse hébraïque, *Anthologie*
P2075.	Quand j'écris je t'aime *suivi de* Le Prolifique et Le Dévoreur *W.H. Auden*
P2097.	Anthologie de la poésie mexicaine, *Claude Beausoleil*
P2098.	Les Yeux du dragon. Petits poèmes chinois, *Anthologie*
P2099.	Seul dans la splendeur, *John Keats*
P2100.	Beaux Présents, Belles Absentes, *Georges Perec*
P2234.	Anthologie. Poésie des troubadours, *Henri Gougaud (dir.)*
P2235.	Chacun vient avec son silence. Poèmes choisis *Jean Cayrol*
P2320.	Anthologie de la poésie africaine. Six poètes d'Afrique francophones, *Alain Mabanckou (dir.)*
P2343.	Anthologie. Du rouge aux lèvres, *Haïjins japonaises*
P2344.	L'aurore en fuite. Poèmes choisis *Marceline Desbordes-Valmore*
P2437.	Jardin de poèmes enfantins, *Robert Louis Stevenson*
P2473.	Si j'étais femme. Poèmes choisis *Alfred de Musset*
P2606.	Ode au vent d'Ouest. Adonaïs et autres poèmes *Percy Bysshe Shelley*
P2621.	Poèmes anglais, *Fernando Pessoa*
P2628.	Ô ma mémoire. La poésie, ma nécessité, *Stéphane Hessel*
P2649.	Les plus beaux haïkus de la revue Ashibi, *collectif*
P2694.	Comme un oiseau dans la tête. Poèmes choisis *René Guy Cadou*
P2695.	Poète… vos papiers!, *Léo Ferré*
P2719.	Les jours s'en vont comme des chevaux sauvages dans les collines, *Charles Bukowski*
P2783.	Cahiers de poèmes, *Emily Brontë*
P2784.	Quand la nuit se brise. Anthologie de poésie algérienne *collectif*

P2795.	Chants berbères de Kabylie, *Jean Amrouche*
P2988.	Derniers poèmes, *Friedrich Hölderlin*
P2989.	Partie de neige, *Paul Celan*
P3050.	L'homme naît grâce au cri. Poèmes choisis (1950-2012) *Claude Vigée*
P3095.	Adulte ? Jamais. Une anthologie (1941-1953) *Pier Paolo Pasolini*
P3096.	Le Livre du désir, *Leonard Cohen*
P3139.	Alcools, *Guillaume Apollinaire (illustrations de Ludovic Debeurme)*
P3140.	Pour une terre possible, *Jean Sénac*
P3197.	Bons baisers de la grosse barmaid. Poèmes d'extase et d'alcool, *Dan Fante*
P3206.	L'Intégrale des haïkus, *Bashō*
P3217.	Poèmes humains, *César Vallejo*
P3250.	Poèmes de poilus. Anthologie de poèmes français, anglais, allemands, italiens, russes (1914-1918)
P3277.	Le Colonel des Zouaves, *Olivier Cadiot*
P3278.	Un privé à Tanger, *Emmanuel Hocquard*

RÉALISATION : CURSIVES À PARIS
IMPRESSION : NORMANDIE ROTO IMPRESSION S.A.S. À LONRAI
DÉPÔT LÉGAL : AVRIL 2014. N° 116692 (1401143)
IMPRIMÉ EN FRANCE